你不在身边，我总是失眠

一位喵先生 著

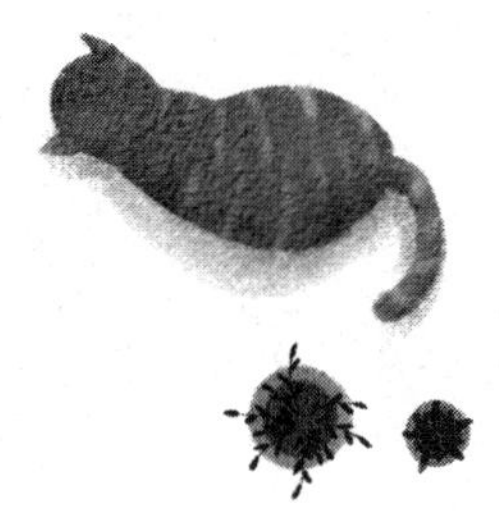

江苏凤凰文艺出版社
JIANGSU PHOENIX LITERATURE AND ART PUBLISHING, LTD

目　录

第一章
理智地离开，总比混乱地留下好

第二章
先学会爱，才能遇见爱

第三章

希望你有勇气，重新来过

第四章
一切都会越来越好的

第一章

理智地离开，总比混乱地留下好

你不坚强，谁会陪你一直软弱？

失恋并不可怕，哭过闹过之后，

就收起那个难看的自己吧。

人生很美好，你应该更快乐地生活。

远离消耗你的人

每一段即将分开的情侣，更爱的那一方总是会有无法解决的困扰。那就是——“我哪里不好了，你为什么要离开我？是你变得不再爱我了，对吗？”每次听到这样的对白，我既心痛又无奈。因为对于那个已经不爱的人来说，即使你变得再好、再完美，也不会在他的内心掀起任何波澜。

01

子琪跟米先生熟识，是在米先生失恋之后。他们曾经是同事，但子琪离职之后两个人就再没有什么来往。直到一天深夜，米先生在朋友圈里发了一段很伤感的文字，恰好子琪还没有睡，就在下面评论了一句安慰的话。

没过多久，米先生发来一条微信：“还没睡吗？”

“嗯，明天周末不用上班，就晚点睡啦。”

米先生的微信让子琪有些措手不及。子琪将这条信息发出去，米先生并没有回复，当晚的聊天也就算结束了。第二天晚上，米先生又主动找子琪聊天。在这之后，他们聊天的话题变得越来越多，从现在的工作生活，到米先生正在经历的失恋，无所不谈。

一个是单身渴望被爱的女人，一个是失恋寻求安慰的男人——这是男女间最容易擦出火花的时机，可这也恰恰证明了即将到来的感情，是不平衡的。而在不平衡的感情里，注定有人会受伤。

02

自从米先生说完他的恋爱经历，子琪就开始每天做他的知心姐姐，陪他聊到天亮。

后来，米先生开始约子琪吃饭、看电影、骑马、打高尔夫，谈天说地之间，两个人开始暧昧起来。米先生会在没人的地方，不经意地亲一下子琪；也会在逛街的时候，牵起子琪的手。

子琪是典型的巨蟹座，母性泛滥。对于失恋的米先生，她既同情，又有些怜悯。而巨蟹座的特征就是会不计代价地付出和毫无保留地摆低姿态。

03

在子琪看来，米先生是喜欢她的，要不然为什么要接受她的关心呢？然而在子琪的朋友看来，米先生只不过是享受着有人对他好，享受着空窗期间暧昧的时光，但这一切，都与爱情无关。

在闺蜜的劝解下，子琪开始试探自己和米先生的关系。但是每一次谈到相关的内容，米先生要不然是岔开话题，要不然就是拿还没放下前任作为借口。子琪当然相信啊，在她看来，对方的不拒绝，就是喜欢。对方还需要自己的付出，那就是还对自己存有好感。

后来的子琪，对米先生更好了，甚至还会到米先生家里为他打扫卫生，为他做饭。这一切，米先生依旧没有拒绝。两个人这样的关系，维持了一年左右。直到米先生对子琪的态度越来越冷淡，子琪才开始觉悟起来，下决心要跟他问个清楚。在这场无法躲避的对话中，米先生说出了那个最受人唾弃的理由："我只当你是朋友。"朋友？朋友会牵手、会接吻吗？

"是不是我还不够好，所以你才不爱我呢？"子琪问完，米先生一阵沉默。

不是子琪不够好，只是因为米先生从来就没有爱过她，而她却误以为他给出的暧昧是爱情。

04

在这场一开始就不势均力敌的感情里，子琪注定是输家。

两个人不在一起的理由很简单，不是你不够好，而是你再好，对他来说，还是无法掀起他荷尔蒙里的涟漪。低到尘埃里的爱慕，如同淤泥里拼命长高的野草，即使你绿得再鲜艳，可你终究也只是一棵野草，别人只会在路过时看你一眼，可能会驻足欣赏你，但绝不会带你回家。

朋友失恋的时候，总爱问我一个问题："是不是我做得还不够好，所以他才离开我？"我知道在安慰一个失恋的人时，所有的话语都是无力的，所以只能不无心疼地说："**你已经很好，是他不珍惜而已。**"

05

希望每一个人都能在对方抛弃你的时候，给对方来一个帅气的转身，即使心如刀绞，也绝不回头，而不是楚楚可怜地问道："我是不是还不够好？你说，我都改，你回来我身边好吗？"

当一个人不爱你了，请你不要再继续放低姿态自降身价。勉强留住的爱人，只会让你爱得更辛苦。如果在一起对两个人来说都是折磨，那何不成全彼此，各自另觅幸福？

亲爱的，所有的东西都是有限的，包括你的付出，你的好。这些依托于人的情感的东西都特别珍贵，请一定要留给那个值得的人。这个世界上，不是每个人都值得拥有我们的好，对于那些不懂得珍惜我们的人，不能赋予他们伤害我们的权利。

别错把暧昧当爱情，不是所有的深情都能换来对等的珍惜。但我也真希望，每一个真诚付出爱意的人，都能获得长久的幸福。

破坏性的伴侣会耗尽你

01

爱上一个自私的人是什么感受?

我处处都为你好，你想做什么我都能成全你，可你却从来都不关心我是怎么想的。我像一个木偶般，可有可无。当你偶尔发来一条关怀的信息时，我就感动得一塌糊涂，心田像是干旱了十个月后迎来一场暴雨。你不断地要求我做这做那，我宁愿牺牲自我，也要给你快乐的感受。现在想起来，你像个吸血鬼，而我却要用一万种方式证明我是爱你、关心你的。

有时候我也在想，自私的人根本就没资格谈恋爱。爱情是相互的，而在那些自私的人眼中，不过是又找一个疯狂爱自己的人，无私地爱自己。

02

娜娜跟文俊就谈了一场这样的恋爱。

那天娜娜用一个月省吃俭用省下的钱，搭了十个小时的火车，千里迢迢从北方小城跑到了南方文俊所在的城市，只为见他一面。这样的异地恋，已经持续了三年有余。

她像以往那样买了他最爱的珍珠奶茶和鸡翅包饭，在宿舍楼下等了他一个多小时。当文俊下楼的时候，他抢过娜娜手中的珍珠奶茶，贪婪地吮吸了一口说："哎呀，你居然这么早到，不好意思呀，刚才跟舍友打了一场王者所以这么晚才来找你。"娜娜咽下了那一小时里因为寒冷带给她的一切不满和灰心，跟他说："没关系，其实也没有很冷。今晚我们到哪儿吃饭？"

文俊给她指了一个方向，他说，那里有家餐馆的菜超好吃。说完，文俊便夺过娜娜手中的那把伞，奔吃饭的地方走去。娜娜不慌不忙地跟上了他，她想贴他更近一些，这样的话她就不会被淋得狼狈不堪。可随着他走得越来越快，伞也离娜娜越来越远，她半边身子都被淋得湿透了。

有些恋爱就是这样，要不停地委屈自己，才能维护得了表面的和平。

03

到了饭馆，娜娜用一整包的纸巾擦干了另外一半湿漉漉的袖子，狼狈地坐在椅子上跟文俊说："点菜吧。"

文俊二话不说，叫来了服务员："给我来一个麻辣鸡肉煲，加两碟金针菇、一碟肥牛和墨鱼丸，还有一瓶大可乐。"说完，菜单就已被送回到了服务员的手上。娜娜欲言又止，她跟文俊说过很多遍，自己不喜欢吃辣，不喜欢吃肥牛，不喜欢喝可乐，可他总是忘，每一次都忘。

喜欢一个不在乎自己的人，就是我视你如命，你却当我有病。

我也曾迷失在这些惊人的相似状态和感受中，后来我才想清楚，其实我们从来都不是一类人，对待爱人的方式也不尽相同，可是你为什么就不能将你的自私藏得深一点，再深一点？

04

回学校的路上，娜娜的脑海中浮现出的都是文俊自私的过往：高考时他要她照顾他，完全不顾她也牺牲着自己复习的时间；升入大学后，他每一次都用各种理由让娜娜搭十个小时的火车到自己的城市，只为不用自己花车费和时间；他还总是用各种理由来哄着娜娜，让她给自己买最新款的电子产品……

那些过往，娜娜想了很久，一整晚都想不到尽头，最后她给他发去了一句“分手吧”，然后便将他的微信拉入了黑名单。

是啊，安东尼说过一句：“不要让那个喜欢你的人撕心裂肺地为你哭，因为，你能把他伤害到那个样子的机会也只有一次。那一次之后，你就从不可或缺的人变成可有可无的人了。即使他还爱你，可是总有一些东西改变了。”

自私的人根本就不值得任何人对他好，因为你所有的付出在他面前，只是心甘情愿无私奉献。

你这样好的一个女孩，为什么要这么卑微？

失恋不可怕，
可怕的是失去自我

01

韩寒说：“我听过很多道理，却依然过不好这一生。”

可是，我从来就没想过要过好这一生。我只想凭我所愿，过喜怒哀乐兼备、不用刻意隐藏和抑制情绪、自然而然的一生。

晚上11点左右，小玉给我打来电话：“你今晚有空吗？”她的声音很低沉，听起来像刚哭过。

“我等一下要去酒吧为朋友庆祝生日，你要一起来吗？”我问她。

她想也没想就答应了。小玉是个很安静乖巧的女生，去酒吧、吃夜宵之类的夜间活动从来就不是她的兴趣，所以每一次这样的聚会她都不怎么参加。但是这次，她答应得格外干脆。

不到半个小时，小玉就打车到了我家楼下。看到她肿胀的双眼，我就知道让她哭成这样的事一定和她男朋友扯不开关系。

在去酒吧的路上，她告诉我他们已经分手了。原来在相恋的这一年时间里，男友的父母对小玉并不满意，所以一直在为儿子安排着各种各样的相亲。男友家是做生意的，小玉却出生于普通家庭，没有高学历，最多只是长着一张比较好看的脸。按照男友父母的话说，她是不符合他们家儿媳妇的标准的。

然而这一切，小玉还是从第三个人口中得知的。她为此去跟男友理论，谁知男友却连解释都没有。其实在男友心中，早就知道这段感情是没有结果的，还和小玉在一起不过是因为还没找到更合适的人。

陷在失恋痛苦中的小玉，又因为工作上的一个大失误，被公司辞退了。生活的打击就这样一个接着一个地来，丝毫没有给她喘息的机会。

听她说完这些，正当我准备开口说“别难过”的时候，她却笑了笑跟我说：“你不用安慰我，真的，现在的我只想过一种跟曾经不同的生活，短暂的快乐也好，肆无忌惮地难过也好。我就想疯狂一下，再去坚强，好吗？压抑的感觉真的很难受。”等她说完，我们已经到了酒吧门口。

既然这是她想要的方式，我作为朋友只能同意，不仅要陪她一起疯，还要为她收拾残局。

我知道她酒量不好，三两杯下肚肯定醉，可那天晚上我没有制止她去喝酒，还把她介绍给其他朋友认识。

起初她还在角落哭得很伤心，但过一会儿，就与大家打成一片了。

虽然疯疯癫癫的她看起来很反常，但这恰恰也是她心里最想释放的自我。

02

在失恋或者生活不如意的时候，身边的朋友都喜欢这样安慰你：“别哭，坚强点，熬过去就好了。”“不要就这样放弃自己好吗？放纵是解决不了问题的。”“困难总会过去的，别多想了。”

可每当别人这样劝你的时候，你反而会哭得更厉害。怎么可能不难过？**难过的人从来不缺道理，缺的只不过是将难过释放出来的方式。**看过这样的一句话：“人类近代心理学最伟大的成就，就是终于重新承认了人的感受和情绪比理智更有力量，也更重要。”

我们不是机器人，不是说按哪个按钮，就能立刻转换到想要的模式。人是有感情的，失意时，情绪自然会波澜起伏。然而，难过的情绪总需要找一个出口，可以是大声哭泣、尽情找朋友倾诉、喝酒、唱歌、运动，等等。

谁不是一边听着道理，一边擦着鼻涕眼泪度过那些原以为无法跨越的难关呢？

03

小玉疯狂了一段时间后，便开始重新找工作，尝试习惯一个人生活。虽然痛，但也没有理由不坚强了，如同没有盔甲就要上前杀敌的勇士一样。因为在她身后，再也没有人能保护她的软弱。

她说："我知道这样的生活不适合我，但放纵的感觉真好，我没有以前那么难过了。可我也不能一直这样下去，再继续疯狂下去就要万劫不复了。后来的我才懂得，悲伤宣泄了一段时间，就要选择坚强起来。**真正在失恋中将自己拯救出来的，永远是正常的作息和坚持变好的信心。**"

有人说，失恋的人，可以先放肆堕落一段时间，再坚强地步入正常的生活；有人说，失恋的时候要拼命坚强，因为软弱只会让你更加不堪一击，会被抛弃你的人看不起；也有人说，时间跟新欢会治愈一切，你要做的只是让自己变得更好，然后等待与那个对的人相遇。

无论哪一种方法都有它的道理，没有最正确的答案，只有更适合自己的活法。难过避免不了，但别把自己逼得太紧，想哭就哭，想闹就闹。可是，难过之后，多痛也要重新站起来。

你不坚强，谁会陪你一直软弱？失恋并不可怕，哭过闹过之后，就收起那个难看的自己吧，人生很美好，你应该更快乐地生活。

感情怕的不是输，是尿

有些话不说出口，就再也没有说的机会了。

01

广东的十月早已丢掉了夏日的闷热，取而代之的便是秋意正浓的凉爽。秋高气爽的天气最适合在家安眠，可那段时间，桃子总是在凌晨突然惊醒，醒了之后，就再也睡不着了。

她醒来解锁手机屏幕，看了看时间，才凌晨五点，桃子就想，再过三个小时，她就能到公司见到他了，那感觉，正如在《小王子》里，狐狸对小王子说过的："你四点钟来，我三点就开始幸福了一样。"

很多时候，桃子会打开手机，百无聊赖地点开跟星座有关的公众号。每次看到标题里有关射手座的文章，桃子就会满怀希望地打开，看他今天的爱情运势，看他对怎样的女孩感兴趣。当看到文章里说射手座男生跟巨蟹座女生不合适时，桃子心里暗暗想着：都说星座这事是假的；但看到文章里说射手座男生喜欢那种独立、爱笑的女孩时，桃子心里就甜甜的，因为自己就是这样的女孩。

02

桃子跟周恒的相识，是在桃子刚入职新公司培训的时候。那天桃子堵车迟到了，从后门溜进培训的课室后，急匆匆地挑了个位置坐下。还没等她调整好呼吸，抬起头却跟坐在对面的周恒四目对视——周恒穿了件白色的T恤，手里握着保温杯，剪了个短短的头发。

明明只是两三秒的对视，却被后来的桃子回忆了很长的一段时间。

有人说，记忆之所以会美好，不过是因为刚遇见他的瞬间，被定格成画面，之后这个画面在你脑海重复出现，你每回忆一遍，画面便会被再美化一次。不过桃子还是觉得，如果时光再回到第一次见周恒的时候，自己还是会甘愿落网。

在桃子开始觉得这画面略显尴尬的时候，周恒就问她：“你是不是也在四楼办公？是坐在办公室窗边的位置吗？”这一刻桃子心想，自己明明才是第二天上班，怎么他却好像对自己的行踪了如指掌？

桃子面带职业式的微笑点了点头。换成平时，桃子会借着话题继续往下聊，毕竟做了公关这么多年，桃子的一些交际手段是熟练的。可此时她也不知道为什么，面对周恒，她平时的伶牙俐齿都变成了欲言又止。

03

后来的日常相处里，桃子跟周恒也开始慢慢熟络起来。可能是因为在桃子的心里，早就隐隐埋下了喜欢他的种子，所以周恒的每次靠近，都被她定义成是他对她的一点点喜欢。

周恒有时候会主动邀请桃子去吃午饭；有时候走到桃子的座位时，看到桃子在打哈欠后，他会主动给她买来一杯咖啡；有时候看到桃子在加班，他会走到桃子身后吓她一跳，然后将身后藏着的麦当劳宵夜放在桃子面前，说："吃点东西吧，我看你今晚又没到饭堂吃饭。"

那段时间的桃子，心底里是欢快的，像是心里住了只蹦蹦跳跳的小兔子。每次跟周恒聊完天，想起周恒的声音和温柔的关心，桃子的嘴角总会不自觉地上扬。

桃子把每天与周恒的见面次数、相遇场景和聊天内容都记在了日记本里，看到朋友时说一遍，睡前想一遍。那段时间桃子问朋友最多的问题便是："你觉得周恒是不是喜欢我啊？"朋友总回复："至少对你有好感吧。"

"喜欢这件事，是藏不住的，即使不说，它也会从眼睛里、从行动中，偷偷蹦出来。"桃子心里想着，嘴边却不自知地偷笑着。

04

桃子在暗恋周恒的那段时间，明知道那些所谓的浪漫和偶遇只是自己自导自演的一出戏，可她还是愿意为了周恒继续演下去。

桃子很庆幸他们每天都能见面，可周恒不知道，那些在茶水间、在厕所、在楼梯口不经意的见面，大多都是桃子故意制造的机会。

那次在茶水间的见面，是桃子在处理一点急事，她特地去了茶水间，一来是怕打扰同事，二来不过是想见到周恒，所以干脆跑到茶水间办公。也如她所愿，周恒问她怎么了，要不要帮忙，桃子假装抱怨了几句，主动将聊天延续了下去。

那次深夜的共同加班，其实桃子也没什么特别急的事，可为了能多陪他一会儿，她也跟着他一起加班，顺便将自己第二天的工作也一并完成了。

那次在楼梯口的巧遇，是桃子一直保持着走楼梯的习惯，因为她知道他也不爱坐电梯，想偷偷地遇到他，说很多很多的话。

自从喜欢上周恒之后，在人群里面一眼认出周恒的背影，是桃子最擅长的事。

05

其实桃子也不是没想过主动表白，在那些跟朋友喝醉了的深夜，在周恒关心自己的瞬间，在那些两个人散步聊着日常时的闲暇时光，桃子都好想好想说出那句话："周恒我们在一起好吗？"

桃子想和他一起住在有二十年楼龄的旧小区里，可以两个人一起下了班就跑到机室里一起打电动；天冷时，想和他一起到大排档喝酒撸串，一起搭着公交，指指点点着街道上的小店铺，说着很多很多年前的故事。

好像两个人如果能这样慢慢地走到白头，也是份难能可贵的幸福。

可这长达大半年时间的暗恋，却偏偏在一个突如其来的晚上被判了死刑。那天公司团建去了KTV唱歌，周恒忽然接了个电话就匆匆走了出去。桃子的好奇心促使她偷偷地跟在周恒身后。

KTV楼下站着一个女孩，像是在跟周恒吵架。周恒不断劝慰女孩的画面像是一根尖锐的刺，狠狠地扎进了桃子的心里。她不断地回忆着这半年来的画面，才明白自己只是演了一场独角戏。

她想过，这女孩跟周恒可能不是那种关系，她也想过，究竟要不要问清楚周恒对自己的感觉，可桃子心里藏着对感情的那份自卑感让她觉得，自己有喜欢的权利，却没有责问的资格。

一直以来，桃子是个特别理性的女孩。她看起来总是强大得可以处理任何事情，可只有她知道，在感情里面的自己，就像一只谨慎的兔子，尽管喜欢，却会因为碰了壁而偷偷地红了眼睛，只好逃回森林，给这段感情按下了终止键。

她急匆匆地拿出手机叫了辆出租车，离开了KTV。在回家的路上，每每看到那些跟周恒走过的街道，桃子自嘲地想，至少不用再心心念念地想着一个人了。

06

自那晚之后，桃子当初有多用尽心思去制造机会偶遇周恒，如今就有多费尽力气地避免在公司碰到对方。

周恒给她发去了很多消息，可桃子都是淡淡地回复着。有时候在公司见到周恒，桃子也换回了当初职业式的微笑对待周恒。大概过了两个月之后，桃子收到周恒的微信，上面写着："桃子，我要离职了，即将要去上海，今晚能一起吃顿饭吗？"

"今晚还要加班呢，祝你一切顺利。"桃子秒回。

桃子后来回想，这份发乎情、止于礼的态度，究竟是出于自己的冷漠，还是因为心里面的疑问，逐渐沉淀成了对周恒的埋怨？可现实是，自那天在电梯里匆匆的一面后，桃子再也没有见过周恒。

07

等桃子知道当初的周恒是真的喜欢自己的时候，已经是两年之后的事情了。

桃子在周恒离开的半年后，也从当时的公司离职，去了北京。后来出差刚好回到这座城市，便约了几个当年相熟的同事一起出来喝酒。那晚大家玩了场坦白局，桃子被同事问了个问题：你知道当年周恒是喜欢你的吗？

听到周恒这个名字，桃子心里有说不出的感觉。即使时间早就稀释了那份喜欢，心里还是会划过一阵不知从何而来的悸动。

桃子摇了摇头。同事借着酒劲，回忆起当年周恒跟自己说过的话。原来当时的周恒是喜欢桃子的，还总向桃子身边关系好的同事打听关于她的消息。

说到这里，桃子打断同事的话问了句：“那他为什么不主动？”

同事的语气里有点责怪，他说：“其实不是所有的男生，当意识到自己喜欢某个女孩的时候，第一个反应就是去追求。相反，正是因为认真喜欢，所以不想突兀地追求，让你觉得他是个随便的人。

“不过对于周恒来说，暂时止步这份追求，还有个重要的原因，就是他的前女友无端来找他，一直希望周恒能跟她复合。即使周恒明确说过两个人不可能，可前任依然还是不肯放弃，觉得他们爱了整整三年，两个人肯定还能继续。”

同事还讲了许多，可一整晚，桃子只记得那句：“周恒是打算处理好这些乱七八糟的繁杂事之后，再好好地主动追求你。”

原来那个晚上是场误会。

如果当初勇敢一点，结局是不是不一样？

如果当初能说出自己的疑虑，是不是这份喜欢就不再是遗憾？

……

桃子问了自己许多问题，但却不能给出答案。

08

很多时候，在一段感情里面，我们总是诸多计较，计较是谁主动踏出的第一步，谁就处于“更在乎”的角色；计较谁主动问出那句“你爱我吗”，谁就处于卑微的角色……

但往往，相比主动后得不到想要的答案，更让人感到可惜的是，明明在喜欢的人面前内心汹涌澎湃，却假惺惺地说出官方式的问候；明明喜欢他这件事所有人都能感受得到，可你却憋着只字不提；明明踏出一步就可以得到的感情，终究成了一份遗憾。

感情怕的不是输，是尿。

如何走出失恋

之前有位读者问过我一个问题："你能遇上一个这么疼你的男友，是因为你很幸运，还是因为你值得被爱？如果是因为你值得被爱，那么，是不是因为我现在还不够好，才没能够遇上那个他？"

我当然不会告诉她，我究竟经历了多少次不幸，才能遇上真正的幸运。

01

我曾经是一个很糟糕的人，生活得过且过，自制力差，不爱惜自己，爱一个人就盲目到奋不顾身。

真正改变我的事，是我和前任的分手。那时候的我很绝望，连接下来的生活是否值得继续下去都在怀疑。

那段时间，最难熬的就是晚上，一旦放空，我就会把过去的种种想得天花乱坠，去寻找一切有关他还爱我的细节。开始的时候，我很害怕这种状态，就不断用酒精来麻醉自己。每到深夜我就会拼命打电话给他，那段时间，我觉得我很失败，连仅剩的自尊都不复存在。

有一次在朋友家喝到断片，酒醒后听朋友说，我在醉酒的时候，不知叫了多少次他的名字，跟他们讲了多少我们的故事，我一直从凌晨1点说到5点。我还跑去阳台，朋友不敢睡，怕我想不开，而我又不断推倒她的音响、风扇、桌子……把朋友折腾得筋疲力尽。那段时间，我是真的崩溃了。虽然喝多了并不知道在做什么，但潜意识里的我，是真的想把这个世界都推倒、翻乱，让世界陪我一起心乱如麻。

记得有一次凌晨5点多，我在浴室打电话给他，他当时那冷漠的声音现在还时常在我耳边萦绕："明天我要上班，不可能来接你了。"字字坚决冰冷。我瞬间崩溃，彻底认清他已经不再爱我的事实，但依旧不甘心。我躺在卫生间里，哭得头脑一片空白。他挂掉电话，我就反复地打，听筒里只传来冷漠的忙音，"嘟……"

后来有一天，我在地铁里看《克拉恋人》，看到里面的雷奕明在米朵困在火海的时候，奋不顾身地救起她。那时的我才突然醒悟：当你最爱的人需要你的时候，你一定会为她奋不顾身，而那一刻是不需要思考和理智的。

02

后来我不断地告诉自己：只要还没死，就没什么大不了的。接下来的日子，我还是每天按时上班，按计划看书、健身、学习、约朋友。

那段时间看过一段话："碰见好几个女强人，漂亮、自信、事业成功。一聊天，发现她们有的以前是大胖子，有的承认整了容，有的也曾经得过且过……然而她们改变自我的原因，竟然全是为了让某个对她没感觉或不那么爱她的男人刮目相看。所以哪有天生的女强人？**女人所做的一切进化和升级，大多数都是从为某个不开眼的男人掉下眼泪开始的。**"

人在安逸、日复一日的生活里面，是很难真正改变自己的。除非发生在你身上的事，有足够的力量将你原本的性情撕裂开，再重新组合，这样才能得到一个全新的你。

而失恋恰恰就是这个能撕裂自己的理由。

痛？更痛点吧，这样更有力量，你的弱点才能成就你。你都失恋了，如果再不改变自己，你能接受碌碌无为的一生吗？

我看到身边的朋友，很久没见的同学，或曾经角落里面不起眼的他或她，都在通过努力让自己变得闪闪发光。甚至曾经比自己差的人，也渐渐变得越来越好了。

时间真的有魔力，在蜕变的过程中，你一直咬着牙坚持的东西，终于会在某一天，让你成为了更好的自己。努力得到回报的成就感，会成为你坚持下一件事时很好的推动力。每个人的骨子里，都不想看到这么差的自己。人之所以一直碌碌无为，是因为习惯了不上进；而习惯享受成功的人，是不会想再输一次的。

恋爱也是如此，我把每一次失恋都归咎于自己的懒惰、不努力、不完美。我讨厌这么懦弱的自己，我不能再这样下去。

我经常用一句话提醒自己：**无论你现在多少岁，今天就是你余生中最年轻的一天，不要怕迟，只要从今天开始做起，什么都不算迟。**

想要忘记失恋的伤痛，有很多方法，比如去堕落、去找新欢、去用时间淡忘，但过程无疑是很痛苦的。因为你不是要在无数个日夜都以泪洗面，重复再重复地回忆曾经一起经历的一切，然后颓废地生活，日夜循环，像一具无灵魂的行尸走肉。在这种无声的伤痛里，除了自己，没人能拯救你。

既然痛苦往复循环，你为何不利用这次失恋的痛，把自己撕裂一次呢？**如果对很多事都感到无可奈何，那就向着对自己好的方向走吧。**

03

我的朋友欣欣身材苗条，面容姣好，家庭条件优越，还有一位疼她的男友，生活非常幸福。人们说内在很重要，但爱美是人的天性，欣欣总是时刻让自己维持在良好的状态中。

所以我也开始严格要求自己，尝试活在自己定下的条条框框中。

失恋之后最重要的事是让自己变好。这是个永恒不变的定律。

于是我重整旗鼓再次出发，投简历、健身、看书、学搭配、学化妆、学煮饭、学会怎样在寂寥的人生里和自己好好相处，并且想明白了自己究竟需要的是什么。

对于一个优秀的人来说，外表是重要的，别人不可能想通过你邋遢的外表去了解你充满内涵的心灵。希望你能靠健康的饮食和适当的运动去改善外在。其次就是思想，希望你认真工作，坚持看书，把自我提升作为生活的主调。

在失恋的日子里，我不再沉溺于看肥皂剧，而是去看一些关于营养、护肤、健身的节目，并记录、实行；我还把饮食的好习惯融入生活里，学习一些菜式，周末约朋友在家里做饭，健康而又快乐。我曾经抱怨每天要花四个小时上下班，后来我会利用在路上的时间，看有意义的节目或者书。现在想起在调整状态的那半年里，我足足看了45本书，这对于懒散的我来说，是一个惊人的数字。

那段痛苦的日子也终于熬过去了。

现在我规律地生活，有自己的小事业，有适合自己的人生定位，和朋友的关系也越来越密切。我已经养成看书、健身的习惯，竟还遇上一个真心珍惜我的他。

其实，有时候能否感知生活的快乐取决于心态。回头看看，虽然我当初选择了一条看上去辛苦的路途，但更喜欢此时能够说到做到的自己。我们每个人心里，都藏着一些美好的愿望，我们总盼望它们能实现：我想要个浴缸，可以点着香薰，让自己泡在里面想事情；我想要个大书桌，白色的，能趴在上面记录小心情，写小故事；我想要个大书柜，放上一本本我看过的、没看过的书……想到自己还有这么多想要实现的心愿，我才要更努力地活着。

这些美好的小梦想，我都在一步一步实现。

04

后来，我慢慢习惯了自己营造的充实生活，习惯了以自己为主调的日子。

很多朋友都说我变化真的很大，皮肤变好了，变瘦了，生活也健康了许多，连朋友圈里面那些悲情的文字都被好看的生活照取而代之。

人在失去一点东西的时候，总能换得另外一些东西。我始终相信，世界是公平的。

在孤独的日子里，也要和自己好好相处，并在生活里制造快乐，那么，无论身处在怎样的景致里，都能好好活下去。

时间可以成就爱，也能磨灭爱。唯一不会变的是，你永远有资本成就更好的你，然后遇上对的人。我不知道那段被撕裂、又修补自己的时光，是不是我现在拥有一段美好恋情的理由。我问过他："你觉不觉得我每天往脸上涂抹这些水呀、霜呀、乳呀，穿衣服搭来搭去，吃这个但不吃那个，很麻烦呀？"他回答："如果你对自己都不好，那叫我怎么爱你？"

05

这些年来，失恋了很多次，但现在回头看看，每一次的失恋，其实都会或多或少地改变自己。当你遇上渣男，耗费了自己，就明白了其实对自己好才是最重要的；当你遇上了滥情男，就懂得了能遇上专一爱你的人时要无比珍惜；当你得知对方已经不爱你时，千万别做傻事，坚决离开就好，你要做的只是接受这个残酷的事实，成就一个更坚强的自己。

一个值得爱的女生，一定能遇上珍惜她的人。

记得在感谢失恋之后，变得更好的自己。

吵不散、骂不走，才算爱

01

曾经我有一个观念：经常吵架的情侣最终都会分开。因为“经常吵架”意味着两个人的三观不同，对待事物的看法也不尽相同。即使爱得再浓烈，也无法掩盖那些争吵过后的伤害和疲倦。毕竟再轰轰烈烈的爱情，也会被岁月的平凡所洗礼。

幸运的是，身边那些经常吵架，但又修成正果的朋友用他们的行动，一次又一次地推翻我这个观念。他们仿佛在告诉我，即使两个人性格有再大差异，但只要愿意在矛盾里慢慢地磨合，这份爱情终究能开花结果。

没什么是不可以的，除非你不想。

02

前段时间，我看到阿苏在朋友圈晒她跟男友领证的合照，两个人笑得格外灿烂，像是盛夏里光芒四射的太阳。

他们领结婚证，是我意料之外的事。

阿苏跟男友在热恋期过后总是各种吵架。两人的性格都很冲，动不动就争执起来，生活上一件小事，都能成为他们吵架的理由。

阿苏经常跟我抱怨男友的种种不是，一开始我会建议他们心平气和地谈一谈，但争吵的次数多了，看着难过的阿苏，我就劝她，如果在一起很难受，那就分开。但在我每次说完这句话之后，阿苏都会淡淡地说一句“我不舍得啊”，然后那股盛气凌人的傲气就会逐渐消退，取而代之的是满眼的柔情。

后来，他们吵架的次数竟越来越少了。我问阿苏是什么让他们发生改变，原来他们把每一次的吵架，都当成是两个人不同意见的交流，并找到一个大家都能够接受的处理方式。他们还答应对方，无论多生气，都不能轻易说分手。

这几年来，他们吵过很多次架，但每次争吵之后，其中的一个人便会先低头认错。

03

爱情的箴言可能告诉你如何做——

你要找一个相处得舒服的人；

你不要太依赖一个人；

你要找一个对你言听计从的人……

但这些箴言都像清晨的闹钟，只对局外人有用，却永远叫不醒沉溺在爱情中的人。

如果你真的很爱他，如果你真的非他不可，那就用行动和包容去爱他。**世界上没有所谓完美的情人**，他可能不帅，但很温柔；他可能赚不了很多钱，但却只会对你一个人好。只要你喜欢，就值得坚持下去。

04

有时候我觉得，不吵不闹的爱情其实更可怕。

那些表面看上去平静又丝毫没有脾气的当事人，可能每逢难过的时候，都只能靠喝很多的酒、看很多的电影、流很多的泪、熬很多的夜才能去磨平这份不满和无奈，第二天再以一副平静的姿态示人。

殊不知，当心中那些问题渐渐从一座小山堆积成一座不可逾越的山峰时，便再也无法隐藏，从而爆发出无穷的破坏力，那才是真正的一发不可收拾。

爱情需要磨合，当你们在相互迁就和磨合过后，依旧下定决心要往同一个方向努力，那就是最好的爱情。

珍惜那些在争吵过后懂得先低头的人吧。在他们心中，相比面子，爱你更重要。

那条仅前任可见的朋友圈，你删了吗

01

这几年来，我断断续续地把微信朋友圈里的一些内容删除，又留下了一些舍不得删的。

昨晚失眠，我翻看朋友圈，见到去年三月份留下的唯一一条记录，配图是两只可爱的小狗，一只坐在车上，另一只踮高脚吻了吻同伴。车是白色的，恰好你的车也是这个颜色。

这条朋友圈发出的时间是凌晨1点40分，我的配文是“想你了”。这条朋友圈文字只对你可见。

1点46分，你在评论区回复：“我吗？”

看着评论中的那个熟悉头像，我既开心又难过。开心的是你回复了，难过的是我们曾经如此熟悉，可如今，我们之间只剩下这一句对白。

接下来的几晚我更难过，守着手机以为你会找我，等到凌晨1点、2点，甚至3点、4点，可手机上甚至连一条垃圾信息都没有出现。我怀着这份期待，心像跌进万丈深渊。自此之后，我的朋友圈再没有对特定的人可见过，因为我知道，已经消失了的爱情，并不会因为我发一条朋友圈就能回来。

02

如今我们已是陌路人，可某一瞬间，还是会想你。

开车路过曾经一起上下班的地方，回忆也会跟着不期而至。

记得我们刚在一起的第二天，公司开例会，我们两个人居然一起被叫上台发言，表面上有些尴尬局促，心里却暗暗欣喜。

有时候我们会偷偷下楼去喝下午茶；有时候在公司看见对方，哪怕只是眼神的对望，就已经足够令彼此开心一天；有时候中午我们会回到在公司附近租的房子里一起煮饭；有时候你还会在楼下等着我忙完工作，一起去吃大餐……

分开以后，在每次可能要经过有我们美好回忆的地方的时候，我总会绕路，绕多远也没关系。还有公司隔壁那家KTV，每次公司组织去唱歌的时候，因为恋情不能公开，我也只能越过人群偷偷看你一眼，可心里早已快乐得无所适从。还有那家麦当劳，有一天你特意早早到我家楼下接我，只因为我前一天无意中说想吃麦当劳的早餐。但这些地方，我都不愿意再经过。

每次你开车送我回家，我都希望你能一直往前开，没有尽头，这样我们就能在车里面说上一世的情话。分开后，我闲下来的时候也爱自己去兜风，不同的是，方向盘在我手上，而我不想停下来。

原来，那些爱的习惯，早已刻骨铭心。

03

后来，我们相继离职。对未来没有方向的你，一直得过且过，而我很快又找到新工作。我想都没想就去做销售的工作，因为这样能够赚更多的钱。那时候的我心思很单纯："你赚钱少没关系，只要我有了经济实力，我们就可以结婚了。"

记得第一次约客户，我需要搭三小时的公交，你说不放心我，于是陪我见了一天的客户。我去谈合作的时候，你在外面等着我，不论多久都毫无怨言。那天的雨下得特别大，在车厢里面的我们，却笑得格外开心。

那天晚上我还发了一条微博："好喜欢你，我们要好好在一起。"

我陆陆续续也删过好多次微博，唯独这条一直留着。

那时候的我还不会写文章，所有的心情和愿望都是赤裸裸地表达出来，连一些修饰和比喻都懒得用。"我爱你""我要和你在一起""我想嫁给你"，就是我想对你说的所有话。

虽然没有盔甲就上路的我，最后遍体鳞伤，但也磨硬了意志，可以抵御更多的伤害。

04

现在回过头看看，感觉你应该是真的爱过我吧。当初分手前的那些冷漠、欺骗、争吵，其实是爱情病入膏肓时的并发症吧。

这个周末我跟几个大学的朋友喝酒撸串，谈起了大家这几年的变化。虽然大家表面上都有变化，但是在内心深处，依然保留了当年的天真。在过去这么久之后，仍旧能守护着彼此的朋友已是难得。

他们说我变了许多。

我问："什么变化？"

“说不出，只是一种感觉。”

“那变好还是变坏了？”

“没有好坏之分，就是变了。”

是啊，我不会再因为某些感触动不动就发朋友圈，不会再因为一些小事就到处跟朋友倾诉，不会再在深夜里痛哭，不会再因为一些人的离开而久久不能释怀。现在，我反而是更习惯孤独，习惯独自消化、磨合、应对情感和生活，然后第二天按时上下班。

我不知道这样子是好还是坏，但至少那些用理智取代感性的过程，让我不会再流那么多眼泪。我只需要不断地向前走，向属于自己的方向走，就能离你越来越远，离我们的回忆也越来越远。

我想，总有一天，新的回忆终会将那些回忆取而代之，时间磨灭了爱，而那些只对你可见的信息，也是时候删掉、忘掉了。

分手后，不要见，不要贱

你有没有想过，再次见到那个你曾经深爱过、但也让你撕心裂肺过的人时，会是怎样的反应？

我有过这样的经历。曾经以为的遗忘，原来只不过是自欺欺人。一旦他再次出现在你眼前，原本在你心中已经冰冷的记忆便再次活泛起来。

原来，他一直都没离开过。

01

翻微博的时候，我不经意间看到陈赫和许婧的婚礼视频，很温馨很快乐。一开始陈赫滑稽地说："好男人就是我，我就是好男人。"接下来就是一路的欢声笑语。看着视频里他们甜蜜的笑容，又想起如今的支离破碎，眼浅的我，也跟着哭了笑，笑了又哭。

所谓感触，只不过是从别人的世界里，看到自己的人生罢了。给我留下最深刻印象的，莫过于在视频里听到陈赫说："你说过你的梦想是环游世界，那从现在开始，我的梦想，就是去帮助你，完成你所有的梦想。"只可惜，许婧在离婚之后才开始她的环球旅游，而这趟旅行里，却没有了陈赫。

对于故人，我们经常会有这样的感觉——没有他的消息时虽能如常生活，可一旦得知了他的消息，内心还是会不自觉地颤动。原来，这些年来的坚强只不过是自己营造的一副假象而已。

我不知道后来的他们会不会哭，如果是我，一定会。曾经如此深爱过的人，那么久的感情，如同刻在身上的文身，即使洗掉，也还是有隐约的伤疤，怎么会不难过？

02

牡丹和王辛相恋了三年，他们在一起的时候，我很羡慕他们那种撕心裂肺、轰轰烈烈到非对方不可的深爱。可是，并不是所有的爱情都可以善始善终，后来，王辛爱上了其他女人，牡丹只能转身离场。

失恋后的牡丹，并没有因此颓废。她的性格坚韧，即使遇到天大的困难，她依旧镇定自若；即便没有了爱情，她也不断地去创造属于她的理想生活。

在离开王辛后的一年里，牡丹过得越来越好，变得愈发漂亮和出众，事业上也连升两级。她没有像大多数女生那样因为失恋而萎靡不振，因为她知道，已经离开的人，是不会回来的。与其苦苦挣扎痛不欲生，倒不如把曾经美好的记忆保存下来，然后，自己好好生活。

可是，世界上就是有这么多的“可是”。不只是我，就在牡丹以为自己已经痊愈的时候，王辛再次出现了。

03

人生如戏，身体逃得出戏台，心却还沉迷于戏中。那天，牡丹买了宵夜来敲我家的门，看她的样子，分明是哭过。她告诉我，王辛跟她公司有项目合作，而她就是这个项目的负责人，所以两个人不得不因为工作再次相遇。

牡丹说：“不知道为什么，一遇见他，我所有的坚强和意志都丢得一干二净。我明明已经好了、已经忘记他了，可当他再次出现的时候，我才发现，原来深爱过的人，是根本没有办法彻底忘记的。我以为的‘放下了’，也只是我以为而已。”

04

那天项目会议结束之后，王辛提出要送牡丹回家。牡丹心里很想拒绝，但她说不出口。对于她来说，又何尝不期待能跟他独处一会儿呢?

后来他们又熟络起来。王辛在跟她分手之后，与很多女生暧昧过，但都无法在某一段感情里稳定下来。王辛说他忘不了牡丹，想让她忘记之前的伤害，两个人重新在一起。

可是，伤害已经造成，又怎能说忘就忘?

牡丹在王辛身边的时候，王辛的手机经常不停地震动。牡丹想，或许有一份属于他的牵挂在不远处等着他吧。

张爱玲在《白玫瑰和红玫瑰》里说过："男人的一生中都在红玫瑰与白玫瑰中徘徊。娶了红玫瑰，久而久之，红玫瑰就成了墙上的一抹蚊子血，而白玫瑰还是床前明月光；娶了白玫瑰，久而久之，白玫瑰就成了衬衣上的一颗纽扣，而红玫瑰却是心头的一颗朱砂痣。"

最后，牡丹选择做那朵红玫瑰，她宁愿他日后在妻儿身旁的时候，还能时不时地想起她，也比重新在一起，将曾经的伤害又上演一遍好得多。

和好容易，但如初太难。牡丹没有同意王辛的要求，她对他说："对不起，我曾那样用力地爱过你。可惜后来的我们，走着走着就散了，而走散的人，是很难再回到最初的。当你又一次出现的时候，我发觉我竟然还不自知地爱着你，但就算再爱，我们也已经回不去了。而分开，是对我们彼此都好的结果。”

05

后来，王辛发了一条朋友圈，是刘若英《后来》的歌词：“后来，我总算学会了如何去爱。可惜你早已远去，消失在人海。后来，终于在眼泪中明白，有些人一旦错过就不再。”

那段感情，对于牡丹来说，是一场遗憾，而对于王辛来说，又何尝不是呢？可这就是我们的人生，因为遗憾而更加完满的人生。

我该怎样忘记你，一根烟，还是很多瓶酒？不管怎样，分手后的我们，不要见，不要贱。在那份用坚强极力营造的理想生活里，找到属于自己的生活节奏，让这份节奏成为习惯，通过时间的堆积，在我们各自的人生里根深蒂固。分手后的我们，都会再次遇到一个懂得好好珍惜我们的人。至于旧情旧爱，就让它们留在往事里吧。面对不能回去的过往，我们只能大步往前走，彼此相忘于江湖，让曾经的那段回忆，成为日后的下酒菜，在酩酊大醉的时候提起时只有会心的一笑，再无波澜。

“你曾经来过就好，时间会让我忘记你，然后彻底地离开你。”

不要把时间
浪费在等待和猜测上

有人问过我，对待前任最好的方式是什么？

我只想到这七个字——**不听，不见，不了解。**

如果两个相爱的人无法走到最后，那就像两个背道而驰的陌生人一样各奔东西吧。我决绝地将一切关于你的东西通通丢掉，不过是因为怕动摇自己不再见你的决心而已。

前段时间跟璇璇喝下午茶的时候，她说她发现男友这段时间很不对劲，觉得男友好像有外遇了。我安慰她说，别想这么多，爱情也不可能天天都是热恋状态的。

可到后来，璇璇的猜测终于得到证实。那晚璇璇的男友约她到一家咖啡厅，坦白说自己不可自拔地爱上了另一个女孩，他挣扎了很久，觉得还是要跟璇璇说清楚。

璇璇听到男友的话之后，整个脑海里一片空白，嗡嗡作响。爱情这东西，谁又能分得清对和错呢？

璇璇用尽力气假装镇定，她不是那种歇斯底里的女生，而是宁愿自己一个人默默地流泪，也会成全对方的傻瓜。她跟男友说："那你把我的联系方式都删了吧，我想断绝自己对你的所有念想，好吗？"

男友虽然有点犹豫，但还是按照璇璇的话做了。

先离开的那个人比较酷，但装酷的人总是比较疼呀。

或许你也爱了不该爱的人，明知道不会有结果，可感情就像寒潮来袭般汹涌而至，哪管你有没有备好防寒衣？

如果你无法抑制自己的喜欢，那就让对方删了你的联系方式，断了你的念想。就这样让他彻底地离开，离你远远的；你也努力在没有他的日子里，创造出那份专属于自己的快乐。愿他过得好，祝你也顺心，**不谈亏欠，感谢曾经的遇见。**

可以柔软，但不能心软

01

我在十七八岁的时候喜欢看甜到不行的言情小说，喜欢里面长得好看又专一的完美男一号，想谈一场小说式的恋爱。

所以我找男友的唯一标准就是“好看”，觉得和好看的男孩在一起，连吵架都像在谈情。

约会时不用做些什么，只是看着他，心里就已经甜滋滋了。

哪怕是牵着他的手跟朋友一起出去玩，内心都有着难以掩饰的自豪感。

但只有经历过几段恋爱，懂得一些关于爱情的道理之后我才明白，长得好不好看是其次，最重要的是“关系不乱”——能懂得撇清与其他异性的关系，才能给你那份被偏爱的安全感。

像这句话说的：“一个人就算再好，但不愿陪你走下去，那他就是过客；一个人再有缺点，但能处处忍让你，陪你到最后，这就是最爱。”

02

梦琪17岁的时候喜欢过一个男孩。

男孩是真的帅，成绩不错，加上会跳街舞，简直是“男神”一样的存在。

那时的梦琪觉得自己是幸运的。能够遇上这么完美的男生，并且这个男生还喜欢自己，这比买彩票中奖还难吧。

但长得好看的男孩，避免不了身边总是围绕着各种花花草草，而大部分二十多岁男孩的心还是漂浮不定的，总想要更美的女朋友和想要更多的激情。梦琪经常会因为男孩身边出现其他女生而吃醋；经常因为男孩的一丝冷落而疑神疑鬼；经常因为得不到他贴心的照顾而暗自难过。

03

所有的疑心和焦虑都是有迹可循的。

后来有朋友跟梦琪说，在学校外面的小吃街看到男孩跟一个高挑的女孩吃饭，恰好这个女孩跟朋友认识，两个人就打了个招呼。朋友也没说什么，回到家就私聊女孩，问她跟男孩什么关系。女孩说男孩在追求她，她也挺喜欢男孩的，因为觉得他心里有她。

朋友继续问两个人日常相处的细节，发现跟他与梦琪谈恋爱的模式一模一样。男孩会记得喜欢吃什么、不喜欢吃什么，每逢节日还会给她送礼物，逛街的时候会紧紧地牵着对方的手，还会谈论两个人的未来，让女孩产生一种“他是认真想跟自己谈恋爱”的错觉。

那一刻梦琪终于明白，男孩只不过是爱情里的玩家，套路他都会，只不过并不是为自己专门定制的。

在跟男孩分手后的很长一段时间里，梦琪又跟几位长得好看的男孩谈过恋爱，但男孩身边依然有着各种杂花杂草，即便梦琪想方设法“除掉”她们，可那些女孩还是如小草一般春风吹又生。

而事实上，男友才是那一阵“春风”。

04

后来我们知道，言情小说里的完美恋人都是骗人的。像吴尊、张智霖、吴彦祖那样又帅又专一的男孩固然是有，能遇到当然是幸运的，但即使遇不到长得好看的，那找个专心爱自己的也不错——两个人踏踏实实地生活，我喜欢他、他喜欢我，没有秘密，没有出轨，没有不开心，性格不合适也可以磨合。

两个相爱的人，每天在朋友圈里撒着狗粮；吵架闹矛盾时能被对方甜滋滋地哄着；在我给他分享日常的种种琐碎时，他能够细细地听我唠叨……

因为没有隐瞒，所以一切都大大方方，干干净净，不需要担心别人会趁虚而入，更不用经常在患得患失中难过，即使习惯不一样也可以适应，只要都有一颗想一直走下去的决心就足够了。

所以呀，“好看”真的不是选男朋友的唯一标准，与其赌他的一心一意，不如找个关系不乱的，谈一场心安的恋爱吧。

别放弃，熬过去

如今的我，过得很好。

闹钟在每天清晨7点准时响起，起来洗漱、化妆，穿上前一天搭配好的衣服，吃完早餐，便搭乘班车到公司，跟同事们寒暄两句，投入到一天的忙碌工作中。

有时候下班跟朋友吃个饭，逛一下商场。即使是一个人的时候，我也并不觉得无聊。手机忘了带没关系，因为不需要联系谁；熬夜不再是为了等你，而是因为工作，也或许是为了一部电影；会笑也会哭，但眼泪不再是因为你；生活不顺利的时候，想起的，也不再是你。

就这样，日出日落，入黑到夜深，如此循环，生生不息。

01

你不再是我生命中的主角，说好的没你不行，原来只是年少轻狂；

说好的一生一世，只不过是荷尔蒙在作怪；说好的相互陪伴，只不过是寂寞的副产品……

虽然在看到你爱吃的小龙虾时，会想起你；在经过曾经与你手牵手走过的林荫大道时，会想起你；看到你送的那只泰迪熊时，会想起你……但没有情绪波动，只是淡然，只是记起有这样一个人曾经从我的世界里走过。

在一个夜晚，我无意中听到张学友那首《慢慢》，不自觉想起与南的过往。

我第一次搭南的车，他车上就放着这首歌，令我在后来很长一段时间里，每次听到这首歌，都会想起刚开始爱他时的那份冲动。在对新生活的憧憬和身体里过剩的荷尔蒙的共同催生下，我自欺欺人地制造了一段所谓甜蜜的恋情。

刚爱上南的时候，轰轰烈烈。

第一次见面的晚上，公司团队的几个同事一起去KTV唱歌，他在角落跟几位同事玩骰子。我若有似无地看了他几眼，心里却冒出了一个可怕的念头——我想引起他的注意。

混乱中，我玩得更开，吵吵闹闹，和同事相互劝酒，偶尔忍不住还是会转头多看他几眼。

不出所料，他见我已喝得烂醉如泥，却还在强撑着继续喝，便一把抢走我的酒杯，跟其他同事们说“我们要离开”，便扶着我上车了。

他以为我醉了，其实没有，我头脑还挺清醒的。

很快，他就把我送到我家楼下，并去便利店给我买来一瓶水。我问他能不能陪我聊一会儿天，他点头。车上播着我们都最爱听的粤语老歌，这个习惯，如今依旧。

我们谈天说地，说起儿时的经历，聊着读书时并不成熟的我们。说着说着，我们的话题自然而然地落在双方的感情经历上。我说起曾经难忘的感情经历、难忘的人，被酒精牵动的情绪引出了眼泪。身旁的他第一次牵起我的手说，以后会有我在你身边的。

凌晨3点45分，我们相恋了。

他很喜欢在晚上来接我，一起去吃个简单的饭，看我们期待已久的电影。每次遇上红绿灯时，趁着停车的空隙，他总爱在我左脸上亲一口，这仿佛成了他的习惯。车里熟悉而令人痴迷的香水味伴随着粤语歌独特的音调，让整个空间充满着旧时代感。

每次他送我回家到楼下，我都不舍得离开。在车里，我们听着这些歌，聊梦想，聊未来，也说些无聊的笑话。

这些相爱的痕迹，让我现在每次回到家，依然会看一眼他曾经习惯停车的地方，看看他的车有没有一如既往地停在那里等我。

那些爱的习惯，即使爱情消逝，也渐渐也成为生命中的一部分。

02

我们度过了相识、感情上升期、热恋的阶段，最后却不可避免地争吵、分手。

我吵架的时候总爱说分手。在第一次说这两个字的时候，电话那边他惊慌的语气让我感到安心。他慌张地说让我等着他，随即很快到我家楼下，买了所有我喜欢吃的零食来哄我。现在回想起来，我知道他是真的爱过我。

可好景不长，一次一次的吵架和“假”分手，让他对我的耐心开始不断减少。在一次次的“试探”之后，他终于提出了分手，说他不再爱我了。

那一刻，我恨，恨他的不爱。

可不爱的人，又有什么错?

03

生活或许像一列火车，有人上车，有人下车，来来往往。你会遇见很多人，无论是朋友、亲人，还是爱人。有人会陪伴你很久，有人会很快离开，但离开的人却带不走两个人曾经共同的回忆。

所有爱过的痕迹和生活过的细节，编织成一个巨大的网，笼罩着你未来的生活，逐渐影响着你的一举一动，从而成就未来的你。

有人说，人一生会遇到约2620万人，两个人相爱的概率是0.000049。

所以，你不爱我，我不怪你。

治疗失恋的方法，莫过于新欢和时间。时间虽淡化了这份情深，可回忆仍旧缠绕在你的记忆中，像个早已结疤的伤口，不痛不痒。无意间看到它的时候会想起那些过往，但在大多数的时间里，我们仍旧在时间的长廊上，过着属于未来的生活。

其实，所谓爱情的永恒，或许并非是和那个人相守一生一世，而是即使你们离开了对方，心里还会有个位置留给他。这份想念，或许无关爱情，无关荷尔蒙，仅是给你们曾经相爱过的日子一份怀念。

相识本就不易，相爱更是难得，不必将一份爱全化为恨和离别的忧伤。

我现在过得很好，有父母好友在旁，也有目标和理想，并认真对待生活里的一点一滴。当然，我时不时也会想起你，想起那些曾经你给过的温柔。

人活着，就得自己宠自己

01

昨晚我做了个梦，梦到在街边的拐角看到你跟新女友牵着手。你好像换了发型，比以前更帅了。你看着她，笑得很温柔；你嘴角扬起的弧度，像初春刚冒出的嫩芽般，满是春意。那些打心底里的欢喜，全部写在脸上，我爱过，所以我懂。

我知道那是梦，我幻想着自己是个导演，能够在潜意识里剪掉这段看似充满暖意可对于我来说是噩梦般存在的场景。但正当我想改剧本的时候，却梦醒了，我惊愕地看着昏暗的天花板，在几乎接近零度的气温中，浑身是汗。

嗯，一切都已成定局。

老话说日有所思夜有所梦，但我觉得那是胡说。其实是那些白日里不敢想的事都躲在梦中了，像玩捉迷藏般，隐隐约约地想让我发现。可当我伸出双手想把你抓住时，却发现即使我能抓住那些记忆，也早已丢失了你。

剩下的，不过是我独自跟那些过往在玩捉迷藏，如同梦呓般，若隐若现。我无能为力，只能在梦里任由你捉弄。

后来的我，如同在心里藏着两个人，一个是开朗理性的，一个是阴暗忧愁的。我把自己活成你的样子，却再也没有你。

02

有时，明知道没有结果，但我还是不想轻易放弃。

记得看过这样的一个小故事，初听时我以为是编的，但现在却知道它是真的："我们这里有个女老师，一辈子没结婚。短发，一直穿着件老土的中山装，从没换过。我原以为她是同性恋，直到前些天听家人说才知道，她一直在等一个认识她之前就已经成家的男人。她爱那个男人，但也不想去破坏男人的家庭，所以就一个人守着这份感情。前段时间男人的老婆查出癌症，她还说，他老婆过世后，他俩就在一起过日子，可是他老婆又好了，而她的身体却越来越不好。"

有人对爱就是这么执着，宁愿浪费自己的一生，也要抓住那仅有的一丝希望。即使这丝希望能够成真的概率极低，但仍愿意等下去，或许是因为爱吧。

就像《追风筝的人》里那句经典台词：为你，千千万万遍。

可是，我没这么伟大，我只有这一生，不能慷慨赠予不爱我的人啊。在不断失望的过程中，在无法回到过去的现实中，我除了放弃，别无选择。

所以，我已经减少找你的次数，微信上你的备注从专属昵称，到后来的全名；从标星好友，到后来互删好友；那个放你专属照片和聊天记录的文件夹，也都被放进回收站，最后被清空了；那些你送给我的东西，都一件又一件被朋友选走了。

03

我不知道自己还在等些什么，是等一个梦寐以求的结果，还是一个让自己死心的理由？但即使再爱你，我也不能这样一直卑微下去的，对吗？

最后，我决绝地转身，然后头也不回地离开了你的世界。**酷一点吧，不爱你的人就让他走吧。**

想起一位朋友关于等待的经历。故事发生在他读高一的时候，他遇到了一个让他一见钟情的女生。他说，我真的很喜欢很喜欢她，无论做什么都想着她。他经常去找她班里的朋友玩，只是为了能够在窗边看她一眼。

后来男孩终于鼓起勇气，向她表白，玩命地爱她。只要女孩需要他时，他便屁颠屁颠地出现在她面前，陪她哭，陪她笑，陪她失恋，听她说很多很多的事，可是对方只当他是很好的朋友。后来男孩问她：“如果大学毕业后你还没找到自己爱的人，我们就在一起好吗？”女孩回答：“好。”

于是，每当他想放弃的时候，女孩的承诺就又给他一丁点的希望。周而复始，这一等，就是七年，而等来的却是对方结婚的消息。**用时间去赌一个人的喜欢，最后却输得一塌糊涂。**自此以后，男孩终于死心了。

在他终于放下了那位不可得的人时，也终于找到了真正的爱情。

我问他：“你有没有觉得自己特别傻？”

他自嘲般笑了笑回答：“我也不知道为什么会这么执着，或许是在那个叫‘得不到’的怪圈里，不舍得走出来吧。在终于放下的时候，才知道曾经的自己有多不值得。”

是啊，相爱的人怎么会不能在一起呢？如果不能，还是因为不够爱吧。别祈求那些因为感动而在一起的爱情，所有的感动都敌不过一次相遇的心动。

就这样吧，我不会再为你吃醋，不会再因为你的一条消息而失眠，不会再想着究竟如何才能讨好你。

我累了，你爱跟谁好就好去吧。

爱是相互的，
不要只把自己感动哭了

在爱情里，我想你也有过这样的纠结：你不断地看着手机，看着那个熟悉而又陌生的名字，拼命地去找一个寒暄的理由。你打出很多字又删掉，最后，你关掉屏幕继续等着，等一个可能根本不会再找你的人……

01

凌晨我被一场噩梦惊醒，在迷迷糊糊中挣扎着睁开眼睛，是什么梦已经记不起来了，却再也无法入睡，于是在黑暗中摸索着，拿起手机。深夜的朋友圈，总是格外精彩而又让人心疼。有从心底发出的感伤情绪，有加班后的打卡留念，也有专门发给某人可见的深情告白，或者一句含沙射影的歌词。

一年前，我还是一个资深夜猫子，经常熬夜，还经常会在朋友圈发矫情的文字。而这样的坏习惯，就是因为不想在深夜里错过那个人的电话或信息而养成的。那时候，我暗恋一个人，他的才华让我着迷。因为他就住在我隔壁小区，所以我们每天也会约着一起坐车回家，甚至每晚睡前我们都会微信聊天，最后用一句“晚安”结束这一天的生活。

如今想起来，或许他对我也有过好感吧，只不过这份好感没有上升到爱，不足以让我们在一起罢了。**暧昧也会有高潮，可一旦高潮过后你们还没有在一起，那么，以后也就不可能在一起了。**

后来，他比以前更忙，我们的联系也逐渐变少。从每天微信聊天，到后来除了聊工作几乎不说话。我开始焦虑，每天盯着手机，只要有信息来，就立刻看是不是他的。我不断地推迟自己的睡眠时间，只为了等他主动联系我。明知道他并不喜欢我，可仍旧无法说服自己死心。

直到一天晚上，我鼓起很大的勇气想对他表白，给他发了条信息：“睡了吗？”过了半个小时他才回复：“没有。”两个字，既没有感情又很陌生，我抑制住自己的难过，给他回了句：“早点睡，晚安。”后来，我从公司离职，他也没有再联系过我。

02

其实，这些年过去了，回想那些深夜的等待，不免觉得时光真是个好东西，它能让你以局外人的角度明白：**那些没有结果的等待，不过是一场自导自演的独角戏。**

在睡觉的时候你也舍不得关机，还把手机音量调到最大，因为你总想第一时间回复他的信息。谁知，等来的只有第二天早上那震耳欲聋的闹铃声。而在城市的另一端，对方已然在没有你的生活里，活得有滋有味。

有句话是这样说的：“也许对于生命来说，接纳才是最好的温柔。不论是接纳一个人的出现，还是接纳一个人的再也不见。”我想，当我们终于懂得这句话的含义时，应该就真的把这段感情放下了。

03

昨天晚上大概12点，我收到若薇的微信，她问我：“你说，为什么有些人能说不爱就不爱了呢？难道一起经历过的回忆和甜蜜都是假的吗？”

我知道她又想起了阿文，自从跟阿文分开之后，她没有一晚是12点前睡的。在她的潜意识里，她总觉得阿文会跟她联系，万一真的找她了呢？她不想睡，不敢睡，她害怕错过他的电话。

若薇跟阿文在一起的时候，他们每晚都会煲电话粥。后来渐渐地，这个习惯消失了，他总是说，今天好累，早点睡吧。直到有一天，阿文提出分手。若薇难过得撕心裂肺，她挽留了他很多次，也试图默默等他回心转意，但最后却等到了他再次谈恋爱的消息。虽然后来若薇已经放下了这段感情，但这些爱的习惯，仍旧鲜明地存在于她的生活中。

04

那个已经不再爱你的人，拒绝了你的人，不管如今的你变得多好，不管你为了等到他一句问候而多晚睡，哪怕你付出了你的所有，他仍旧不会被感动，不会再主动为你做任何事。

失恋了，我知道你会难过，但没关系的，时间会替你疗伤，你总会放下这份爱而不得的伤痛，遇到珍惜你的人。其实对于一段爱情来说，当初许诺的时候是真心的，在一起的时候是真的想永不分离、共度余生的，那么这样就足够了。人生总有千奇百怪的不如意，即使最后不能永远在一起，但只要我们认真地爱过，就不枉此生了，对吗？

所以，早点睡吧，别再为了等那个人的消息而攥着手机迟迟不肯入睡了。想找你的人，早就会来找你了。

你那么脆弱，活该难过

01

两个人最远的距离，不是天各一方，也不是我在你面前你却不知道我爱你，而是明明在一起的两个人，在互道晚安之后，其中一个人又打开了另一个人的对话框，开始新一轮的谈笑风生。

我的朋友木兮最近失恋了，她说一个人睡不着，便跑到了我家，跟我说起她跟阿轩的故事。

那天木兮被她梦寐以求的公司录用了，她第一时间就将这个消息告诉了阿轩。电话接通了，阿轩语气却特别平淡，当木兮还想继续聊下去的时候，阿轩说他很累，想早些休息。虽然木兮心里有点不愉快，但也没多想，互道晚安后，便挂掉了电话。

躺在床上的木兮心里空空的，总感到有些不对劲，但又说不上来是哪里出了问题。忽然，木兮手机“叮”一声，是一条微博提示。阿轩应该不知道，木兮早就将他的微博设置成她的特别关注，他每发一条微博，木兮的手机就会自动弹出提示信息。

女人的第六感从来都不是空穴来风，木兮看到阿轩那条微博上写着："亲爱的，生日快乐。"木兮的手开始颤抖，脑袋一片空白，她打开微博看到了那个她的点赞。不用猜，谁都知道发生了什么事，木兮发疯似的给阿轩打电话，可电话那头只有一句冰冷的语音提示："您所拨打的电话正在通话中，请稍后再拨。"

木兮平淡地跟我说，她不记得那晚给他打去多少个电话，也忘了那个枕头究竟盛了自己多少的泪水，只知道自己最后竟在迷迷糊糊中睡了过去。

她说那晚她还做了个梦，梦到阿轩拿着她最喜欢吃的冰糖葫芦，她一直追着他跑，可他总是跑得比她快，后来木兮太累了，还是将他放走了。

02

后来他们分开了。他坦白说在很早之前已经爱上了另一个女生，但他不知道该怎么跟木兮说，怕伤害了她。可阿轩又怎能知道，在那些木兮发给他信息总是得不到回复的夜晚，在那些电话里想跟他聊天却被硬生生制止的时候，在她一个月都不能跟他见一次面的时候，在她的付出总是被冷眼相待的时候，他就已经伤害到她了。

后来，在很长的一段时间里，木兮都不敢再晚睡，她害怕那些深夜的黑暗笼罩得自己喘不过气，更怕自己抑制不住自己想给他打电话的冲动。更重要的是，木兮知道，不管昨晚的自己经历过怎样的撕心裂肺，当第二天天亮的时候，这座城市依旧是车水马龙，人语喧嚣，每个人该干什么还是会干什么，没有人会因为你的伤心难过而停下自己的脚步。

既然如此，在那些没有人爱的时光里，就更应该要好好地爱自己——早睡早起，努力成为那个最好的自己，不肆意地去打扰谁，更不要将自己的喜怒哀乐都安置在别人身上。

我想，**那些努力生活的姑娘，总会遇到一位不需要刻意取悦的人。**你爱他，他也爱你，你们之间没有出轨，也没有背叛，他也不允许你晚睡，因为他心疼你，只想和你好好地一起走下去。

答应我，以后别晚睡，也别再打扰谁了好吗？爱你的人，从来都不会让你担心。

人家根本没把你当回事，你还多愁善感到不行

深夜1点35分，若曦刚结束项目会议，外面下着大雨，格外寒冷。

在若曦准备下楼开车回家的时候，手机铃声突然响起，屏幕上显示的是“绍辉”这个久违的名字。

犹豫了几秒，她还是按下了通话键。

“喂。”

“若曦，是我。”

电话那头传来熟悉又陌生的声音。

01

绍辉是若曦的初恋，他们在高三毕业的时候在一起，大学坚持了四年异地恋。

即使是异地，他也没有停止过对她好，他们每天都会视频聊天。那时候的若曦就是一个唠叨的小女孩，经常向他诉说生活中的琐碎，他也从不厌烦。他会经常给她寄一些礼物，都是她加入购物车却舍不得买的小东西。他总会存钱买机票，等放假有空的时候飞过来陪她到处游玩。

如果没有发生后来的事，若曦觉得他在自己的世界里，就是最好的男人。

如今想来，那的确是一段充满岁月感的温馨时期，原以为熬过了几年的异地生活，他们的感情已经坚不可摧，可有时候命运就喜欢跟你开玩笑，艰难的时候两个人能相爱，当终于有机会腻在一起的时候，感情却出现裂痕。

那晚若曦跟绍辉去参加朋友的婚礼，在厕所的转角处看见绍辉跟一个女人在一起。那个女人在哭，而绍辉则怜惜地为她擦去脸上的泪水，很温柔。那一幕若曦永远都会记得。

女人哭着跟绍辉说："你究竟什么时候跟她分手？"还没等若曦反应过来，绍辉就抱了抱那个女人，说："今晚我就会跟她说了。"若曦不知道哪来的勇气，上去给了绍辉一巴掌，狠狠地瞪了他一眼，然后转头跑开了。

02

就在那个晚上，绍辉发了一条短信给若曦：“她已经等了我一年多，我不忍心让她继续等下去了，我们分手吧。”

若曦无法接受两个人这五年的感情，竟在即将步入婚姻的时候毁于一旦。那段时间，她几乎放下了所有自尊去挽留他，可他坚决要分手。

那时，若曦发现原来从深爱到憎恨，只需要一瞬间。

两个月后，若曦离开了他所在的城市。后来她从朋友口中得知，绍辉和那个女人同居了，好像后来的后来，也分手了。

跟绍辉分手之前，若曦是一个毫无自制力、得过且过的女生。被偏爱的总是有恃无恐，因为知道他不会离开，也就肆无忌惮地享受当下的安逸。他离开她以后，她如同被强行夺走了盔甲，不得不学着坚强。

自那天后，若曦仿佛变了一个人，因为她特别想改变曾经那个被抛弃的、软弱的自己，她开始在职场上摸爬滚打，学习如何让自己变得更好。

仿佛只要自己改变了，就能抛下这五年多的感情，就能抛下曾经那些或伤痛或甜蜜的回忆。

03

可谁知道，当若曦即将痊愈的时候，绍辉又再次出现了。

那晚接听他的电话后，他们聊了许多。他问她的近况，又说起他离开她之后过得并不好，说曾经相爱时的温馨依然历历在目。若曦虽然感慨，却如同在听别人的故事。

若曦想过很多与他重逢时的场景，可能已经完全释怀，也可能还在恨他，但唯独没想过的就是，自己会因为他过得不好，就心软到选择原谅，甚至答应跟他见面。

后来的一段时间，他像以往那样对她关怀备至，企图重归于好。一开始，她还沉浸在失而复得的感觉中，可当这种庆幸的感觉过去之后，取而代之的便是他曾经背叛自己的心结，每次他想牵起自己的手，若曦都会不自觉地想到他跟那女孩的种种甜蜜，如同心中一处藏得很深的疤痕，无法磨灭。

04

直到有一天，她玩他手机的时候，翻开了他的相册，里面全都是他跟后来女友的合照，有搞怪的亲密照、生活中的偷拍、日常的生活记录，还有双方父母的合照，看起来好像自己才是那段关系里的第三者。里面还有拍食物的照片，“我记得他曾经说过最讨厌饭前拍食物，想必，这习惯都被后来的女友打破了吧……”细节不会说谎。

照片一直滑下去，看到他这一年的经历，若曦觉得很陌生。若曦突然明白，自己不是因为爱他才复合，只不过是因为怀念那些过去罢了。曾经的爱，早就在互不相干的日子里渐行渐远了。

当绍辉看到若曦在看照片时，连忙解释说他忘记删了。删照片容易，可他却已经不再是曾经她爱的他了。

若曦不知道他究竟变了多少，但能肯定的一点是，相比和他在一起的时候，自己变了许多。这一年来为了抵御伤害而铸造的所有坚强，让她明白其实一个人也能过得很好，起码不用再记恨他跟第三者的甜蜜时光，也不用捂着他对自己曾经造成的伤口，在未来的日子里继续带伤前行。

生活在变，每个人都在变，**新生活总比回忆来得有希望得多。**

“我们不可能重新在一起了，祝福你，真心的。”

那天晚上，若曦将这条信息发给他之后，就再也没有了联系。

没人在乎你，你当然委屈

01

很喜欢《暗涌》这首歌，喜欢到什么程度呢？我已经忘了在车上单曲循环了它多少次；忘了在那段最失落的光阴里，多少次听着这首歌一个人笑一个人哭；也忘了在多少个电闪雷鸣的深夜，我单曲循环这首歌，站在阳台哭得无法呼吸。

昨晚我还重看了一遍用这首歌当配乐的电影——《愈快乐愈堕落》。电影无非也是这样，你爱我，我爱他，他爱她，她爱你。

有人终成眷属，有人不敢再爱。

邱淑贞为了肉体出轨，却爱上了一个爱她老公的男人。他接近她，不过是为了能够更接近她老公。他给她送香水，不过是想知道自己喜欢的味道在喜欢的人身上是什么感觉。最后她死了，他终于能够近距离接触他，知道古龙水在他身上的味道，可像歌词里写的“愈美丽的东西愈不可碰”，他明明可以亲他，握住他的手，可他却自责地离开了。

曾志伟也爱上了邱淑贞的老公，可曾志伟是个有故事的男人，他对他很好，可没有了偏要在一起的执着。

最后他问曾志伟：“你喜欢我？”

“我很久没有喜欢的人啦，也不打算再喜欢人。”

“我只想你知道，迟早你会遇上一个人，你对她好，她对你好，那时候想起现在不开心的东西，你就会觉得很可笑，最紧要是，给机会自己。”

看到结尾，音乐声起，我终于忍不住哭了。

02

我很喜欢张嘉佳书里的一个小片段：

梅茜问：“老爹，姑娘和滚球球为什么只唱一首歌呢？”

老爹说：“每个人的人生，都像在不停地单曲循环，在某一段时间，你就只能单曲循环一首曲子，你停不住，它停不住。等到换了曲子，说明你到了另外一个阶段。”

梅茜说：“然后呢？”

老爹说：“然后开始新的单曲循环。”

那么，一直都单曲循环一首歌，是代表未曾忘记吧。有时候想写一个故事，但又不知道从何写起，因为故事都是相关联的，如果没有这个人的出现，没有他让你懂得爱情，又怎会有下一个人来补你一刀？如果不是这些不断辜负你的人出现，又怎会有后来不再相信爱情的无助和麻木？

又或者所谓的爱情都是一场游戏，而我，却总是输家。

怪谁呢，**人的一生很难遇到对的人吧**，往往我们都是在不得不交卷的时候，试着选了一个看着顺眼的答案。

第二章

先学会爱，才能遇见爱

虽说男人对女人好是天经地义，

可他也是人，有感情，有各种喜怒哀乐，也需要爱人的理解和关心。

趁他对你这么好，趁他这么爱你，一定要珍惜，在平凡的日子里，相爱相依。

他不珍惜你，
但你要更爱你自己

01

宇泽跟安希说："我们重新开始好吗？"

安希坐在副驾上，宇泽正抬起手想牵起她的左手，可她恰好避开了这个动作，回复宇泽说："不可能。"说完，安希打开车门，头也不回地上了楼。

在跟宇泽分手之后，她不止一次幻想过这样的情景，换成是其他女孩，面对喜欢的人回头，大部分不是哭着感动地点头，就是扑进他的怀抱中说句"我等了很久"。

可对于安希来说，她从来都不指望宇泽再次出现，尽管失去的东西能回来，但也已经不再是当初的模样。

这世上向来都是人走茶凉，当你的嘴吻上别人的唇那一瞬间，当你将给过我的、没给过我的全部都给了另一个人时，我们就结束了。

她是不再爱他了吗？不是的，相反，她从来都没有这么爱过一个人。

02

当初宇泽说要去北京工作，安希不想谈异地恋，就离开爸妈和朋友，离开了生活二十年的城市。她拖着一只28寸的行李箱，跟他说走就走。她喜欢拍照写字，收入全部来源于约稿和约片，生活安逸快活，但就因为宇泽说女孩应该找份稳定的工作，她便开始朝九晚五。

她是个猫性女孩，喜欢抽烟、喝酒、泡吧，跟一大堆朋友灯红酒绿，讨厌做饭、做家务或一个人待着，但因为他的一句“不喜欢”，她就把之前的喜好通通都戒掉了，学会每天做好饭等宇泽回家。

朋友跟她说，你现在这样委屈自己，以后肯定会后悔的，那会儿安希点了点头说她知道，但她愿意。

她能够为了他让自己脱胎换骨，愿意为他放弃自己的理想，也愿意为他做自己不喜欢的事，但这些所有的“我愿意”通通都建立在“他爱她”的前提下。

自从安希知道宇泽跟一个女孩已经保持了半年的暧昧关系之后，她发了疯似的找宇泽问为什么。宇泽也没解释，只是说了句：“我爱你，但也爱她。”

安希问他选谁，他犹豫了38秒说：“对不起。”

之后，安希拖着那只28寸的行李箱，离开了北京。

03

安希回到家后，有一天突然收到了宇泽的微信。他发来了很长一段文字，大概是回忆他们相爱两年来的一些细节，还有一些挽留的话，同时发来了许多两个人的合照，在北京一起收养的流浪猫的照片。

这会儿安希的耳机里放着王菲的《怀念》：

也许喜欢怀念你，多于看见你。

我也许喜欢想象你，不需要抱着你。

不知道为什么，安希觉得很肮脏。为什么要提往事？往事说你爱我，往事说你不会离开我，可你最后还是头也不回地跟我说了句“对不起”。安希跟他撒了个慌，说自己已经有喜欢的人了，然后将宇泽的微信拉到了黑名单。

人总是把最好的东西糟蹋以后，才开始感慨人生若只如初见，而我希望你可以明白，**这世界上所有被辜负的感情只是一场遗憾**，你不去珍惜，自然有人视若珍宝。

如果他不珍惜你，果断离开，别回头。

先学会爱，才能遇见爱

01

“程欣我告诉你，你就是一个不可理喻的女人！”

“你滚，不要再回来了！”

“啪”一声，李毅关上了出租屋的房门。几十年楼龄的老房子，好像已经无法承受这份力气，木门发出“吱吱”的响声，仿佛再用力拍它一下，那些摇摇欲坠的木板便会彻底碎掉。

李毅已经忘了这到底是第几次，在晚上跟程欣大吵一架后走在这条街上了。他习惯到小卖部买一听青岛啤酒，然后坐在小卖部的椅子上，一边喝，一边看人来人往。

有时是牵着手的情侣，两人的脸上带着甜蜜的笑意，应该是在热恋中吧；有时是个一手拎着盒饭，一手拿着包包的女孩，大概刚下班吧；

那对情侣更可爱，女孩活蹦乱跳地说着话，边说边看着男友，是在分享一天的愉悦吧。

所有这些，程欣跟李毅都曾演绎过。

大街上，唯独一种情形，他们还没经历过——那些肩并肩走在一起的老夫妇。李毅在想，他跟程欣会走到这一步吗？

当问题想出来的下一秒，李毅在心里又笑了笑自己，怎么可能呢？那种每天吵架的日子，现在就已经受够了。

02

程欣走到阳台上，面朝着街道的方向点了根烟。随着烟雾的飘散，她的目光落在了那家小卖部上。

没错，就是李毅坐着的那家。

相恋五年多的情侣，这点默契还是有的。

她知道他在那里，她也知道他喝到半醉之后，就会到水果店买她最喜欢的水果回家，夏天是西瓜，秋天是橙子，冬天是梨。然后洗澡，上床，抱着程欣睡觉。

后来只有上床睡觉，不再抱着了。

再后来就只剩下睡觉，或者背对背玩手机了。

五年前，程欣跟李毅刚刚毕业，那时候爱得疯狂的他们，愿意跟着对方到天涯海角。那年，李毅想趁着年轻，到北上广打拼事业，他这么一说，程欣就立刻答应了，哪管父母同不同意。

没钱，没关系；生活辛苦点，没关系；离开父母，没关系。跟你在一起的时光都是耀眼的。天晴，很温暖；天阴，有味道；天黑，我们就做彼此的光。只要你在，就够了。

03

可是，所有故事都有一个“可是”。

在他们相处了一年之后，才发现彼此有着诸多的不合适。

程欣觉得生活虽然难，但生活品质还是要有的，她喜欢时不时给家新添一些“没必要”的摆设，而李毅却觉得这样很浪费钱；她想成为一个女强人，可他却只想要一个能平衡家庭和工作的妻子；他想早点结婚，但她想再奋斗几年；他想生宝宝，但她不喜欢孩子；他想赚够钱之后回到家乡养老，但她喜欢大城市的生活……

最初爱一个人的时候，情感的荷尔蒙掩盖了对方的缺点和彼此的意见不合；但在一起的时间长了，双方的缺点逐渐显露，不和、争吵、翻脸……通通迎面而至，生活上的大事小事，都能让两个人吵个不停。

有些情侣三观不同，对待生活的态度也不同，但因为很爱很爱，依然能坚持走下去，哪怕吵架吵得再难受也要在一起。可是，再耐用的机器，用久了还是会有磨损的，爱情亦是如此。

一开始李毅还会让着她，可是相处的时间久了，两人都变得咄咄逼人起来。两个人都忘了在一起的初衷是什么。

04

终于有一天，李毅跟程欣在一次争吵过后，和平分手了。

李毅说："我不是不爱你，而是发生了这么多事，我们都回不到过去了。"

"我不怪你，我也觉得分手是我们最好的结局。"程欣抽着烟看着窗外回答。

分手的那个晚上，他答应她一起看部电影，她选了《忠犬八公》，这是他们俩都特别喜欢的电影，因为每次看完后都会更加想要珍惜对方。

在生离死别面前，好像什么都可以委屈，什么都可以将就。

但没死过的人永远不会懂得这个道理。

是谁的错？谁都没错。

电影播放到未来女婿Michael第一次到女友家看望她父母的画面。

父亲问他："你爱我的女儿吗？"

Michael："我爱她。"

父亲："小日子过得不顺心的时候，一定要记得这一点。"

程欣忽然感到压抑的情绪像一块巨石压在胸口，她跑到卫生间，大哭了一场。那晚，他们意外地相拥而眠，像完成一个仪式，像给对方最后的温柔。

第二天，两人收拾了各自的行李，离开了这个曾经的家。李毅跟程欣说，你可以继续住的。程欣只是说了一句，还是不要了。他们都害怕那些曾经的回忆。

05

在相爱的这条路上，我们的初衷是“爱”，但走着走着，这样的初衷，总是被生活上的各种琐碎、争吵和意见不合磨灭。生活就像一场马拉松，“爱”一开始奋勇直前，甩对手十几条街，可是跑着跑着，就没了力气，最终被丢在了后面。

有人说，吵架是一种激烈的交流方式。如果吵得很严重的话，只要有一方低头，另一方就会心软，然后就会更努力、更用心地去对待彼此。

后来我才明白，那根本就是童话里才有的完美。一切失而复得的东西，根本回不到最初的样子。三观不同的人再爱也无法善始善终；碎了的玻璃，粘回来还是无法恢复原状；被伤害过的心，更是无法回到曾经的单纯。

原来，**那些想依靠某个人的时刻，到最后都是自己一个人挺过去的。**

06

有人对我说，生命就是无数场轮回，相聚别离，兜兜转转，哪怕我们留不住这些美好，但也经历过感动。

嗯，完美的爱情并不只有善始善终这一种，还有一种便是我们曾刻骨铭心地爱过。

希望所有的分手都是这样：爱过你，很值得。

爱情不易，且行且珍惜

01

“我们离婚吧。”

在一家熟悉的咖啡厅里，胡杰和倩欣面对面坐着，这是他们谈恋爱时经常去的一家咖啡厅。胡杰慢吞吞地吐出这句话，顿时让周围的空气变得清冷。

胡杰看起来很憔悴，曾经明亮的双眼里，如今布满血丝，看上去像是失眠了几天。他比结婚时瘦了很多，发型也从曾经干爽利落的寸头，变成现在齐肩的中长发，后面绑着一条辫子。胡杰长着一对薄薄的嘴唇，下巴上还有一些小胡须若隐若现，应该是刚剃不久。

倩欣紧紧咬着下嘴唇，低着头，看着桌面上胡杰为她点的她最喜欢的柠檬红茶。怎么味道有点变了？倩欣想。

她没有像往常那般发脾气，没抱怨说他总用离婚来威胁她，也没有把眼前的玻璃杯狠狠摔在地上，更没有撕心裂肺地哭闹着问胡杰是不是爱上其他人了。

在她心里，仿佛有一扇门，慢慢地、慢慢地合拢，余下的缝隙越来越小……突然，“啪”一声，门关上，将她与胡杰分隔开来。

胡杰又出声了，说：“那套房子，就留给你吧。”

她回答道：“嗯，我会卖了它。”倩欣不想独自面对那个曾经充满她和胡杰所有喜怒哀乐的房子。卖了它，可能曾经的一切就能烟飞云散了。

胡杰点了点头。

倩欣说：“陪我喝完这杯茶吧。”

胡杰向街对面的早餐店望了一眼，那是他曾经风雨无阻地给倩欣买早餐的地方。倩欣说过，早上吃热的东西，肚子会暖暖的，心情也会跟着好。

02

倩欣忘了究竟是怎样回的那个他们本来共有的家。在咖啡厅转身离开的那一刻，她早已泪眼模糊，巨大的伤悲笼罩着她瘦小的身躯，让她举步维艰。

胡杰在一周前就已经不再回家住。他们最后一次争吵，是因为倩欣埋怨胡杰总不能及时回复她的电话和微信，从而质疑他在外面有女人。

气头上的她顺手拿起胡杰的电脑，狠狠地砸在地上。电脑里，是胡杰刚做好还没来得及保存的项目企划案。

倩欣不记得这样的争吵已经发生几次了。

他，再也忍受不了她的无理取闹了。

结婚这两年来，他们经常吵架，随着时间的推移，倩欣的脾气不但没有因为时间的打磨而变得温柔体贴，反而变本加厉地变得更刁蛮。从一开始的发生争执后不让胡杰进房睡，到后来像疯子般乱摔东西，发泄她那被宠坏的大小姐脾气——无论是因为什么事情吵架，最后都是以胡杰认“错”，哄她回心转意收尾。

她把门关上，开了客厅那盏暖黄色的灯。胡杰说过很喜欢灯光的这种感觉，整个家都是暖暖的。

她身心都垮了，身体倚着门缓缓地滑向地板。旁边是四层式的鞋架和一个圆形小椅子，每次回到家，倩欣总是蹦蹦跳跳地坐在椅子上，胡杰自己换上拖鞋之后，就会过来为她脱掉鞋子，换上他们的情侣拖鞋。

倩欣那双拖鞋上有只kitty猫，而胡杰的则是一只叮当猫。

放眼过去，她看到那张曾经跟胡杰一起挑选的沙发，那是他们喜欢的欧式格调。她仿佛看到，她像往日一样躺在胡杰腿上，有时候她陪着他看NBA，有时候他陪她看连续剧，有时候胡杰还会拿起茶几上她最爱的车厘子一粒一粒喂她吃。

记得有一次，她洗完澡出来，看到他坐在沙发上偷偷抽烟，她很生气地走过去，怒气冲冲地瞪着他。

当胡杰察觉到时，吓得手一颤抖，不小心把烟掉在沙发上，弄出了一个小洞。就因为他抽烟这件事，倩欣罚他在沙发上睡了一个星期。

倩欣走过去摸着那个被烟头烫出来的小洞，啜泣着，自言自语地嘟囔：“明明答应了我不抽烟，我不就是为了你身体好吗？”

慢慢地，她的哭声越来越大，目光移到沙发隔壁的电脑桌。

往日半夜里，胡杰总在这里“啪啪啪”敲打着电脑键盘，做白天没做完的工作。新婚时，每当他这样忙碌的时候，倩欣都会煮碗他爱吃的清汤面条。

每当这时，胡杰总是用责怪的语气让她早些睡觉，可看她的眼神里却透着无尽的温柔，然后亲亲她的额头，让她快去休息。每当这时，倩欣总会对胡杰撒娇：“你不抱着我，我怎么睡得着呀？”胡杰没办法，就抱起她，走向卧室，把她放到床上。

她习惯枕着他的手臂，靠在他胸前入睡。迷迷糊糊中她能感觉到，他在她额头上亲了一口，再轻轻把胳膊从她脖子下面腾出来，继续回到电脑前加班。

再看那个不到三平方米的小厨房，倩欣脑海里全都是胡杰曾经在里面为她做各种好吃的的背影。结婚之后，倩欣不愿意做饭，胡杰就担起这个重任，她为此开心得左蹦右跳。他会在每个清晨煮好饭菜，分别装进两个饭盒里，一盒是自己的，一盒是倩欣的，一起带到公司当午饭。

倩欣想起每次起床看他在厨房里忙碌的背影，就有种被幸福感包围的感觉。

可是现在，虽然她很想为他做上一顿饭，但已经太迟了。

这屋子里，过去的笑容，一句句甜蜜的情话，一个个温暖的拥抱，像无数细密的针尖一样刺进她心里，让她连呼吸都觉得心如刀绞般疼。

03

倩欣在空荡荡的房子里哭得撕心裂肺，脑海中回放着她和胡杰相处的一切。

他的好，他的种种溺爱，此刻都历历在目，而她以前却习以为常，一次又一次地希望对方能给她更多的爱。她哭着攥紧拳头，将指甲嵌进皮肤里，想用疼痛去取代心里的难受。

就在这个时候，突然有人亲了亲她脸颊上的泪水，一个温暖的怀抱终于让倩欣从漫长的噩梦中惊醒。

“老婆，你怎么哭了？是不是又做噩梦了？是不是因为我没及时回复你微信生气了？”胡杰侧身紧紧地抱着倩欣温柔地说着，另一只手还在帮她擦着眼泪。

倩欣仍旧惊魂未定，心里充满了在梦里失去胡杰的恐惧。

04

最近，倩欣不断听到身边朋友离婚的消息。因为第三者，因为忍受不了对方的刁蛮，因为一方不再爱了，等等。

她第一次反思，跟胡杰相爱到现在，已经差不多四年时间了，她一直都是胡杰手心里的“小公主”。胡杰一直都对她很好，在外为事业打拼，在生活上更是对她照顾有加，想要的东西胡杰都尽可能满足她，很多大事都是按照她的意愿做决定，大至买房买车，小至晚上吃什么菜、周末去哪里玩……

而她却从没站在胡杰的角度体谅他的感受。她不知道他是否喜欢做饭；不知道他每次上下班时间绕路接送她是否方便；不知道他是真的喜欢吃海鲜，还是只想满足她的喜好；也不知道他喜欢吃什么水果，是不是车厘子……

虽说男人对女人好是天经地义，可他也是人，有感情，有各种喜怒哀乐，也需要爱人的理解和关心。

朋友劝她要对胡杰好一点，多站在他的角度想问题，不要还像个小女生那样“作”了。**趁他对你这么好，趁他这么爱你，一定要珍惜**，在平凡的日子里，相爱相依。

05

倩欣醒来，迷糊的头脑终于清醒，原来一切不过是个梦，看着身边的胡杰，她“哇”一声大哭起来。

“老公老公，不要离开我，我以后都不会乱发脾气了。”她把头埋在胡杰胸前，一只手抱着他的腰，啜泣不止。

胡杰温柔地摸摸她的头，听她讲完她的梦，大笑了起来。

“老婆你傻了吗？我怎么会离开你？”

“老公，不如等一下我们一起去买菜吧，让我做顿饭给你吃。”倩欣脸上，满是“失而复得”的喜悦。

你看男人的眼光可以不行，但是自己得行

3月，初春，南方总是一副烟雨朦朦的模样。大部分人都很讨厌这种湿漉漉的感觉，可是绿林除外。她特别喜欢这种整日充满泥土味的空气，软绵绵的，好似永无休止的深情。

01

凌晨1点30分，绿林从KTV里走了出来，她一脸浓妆，穿着8厘米的高跟鞋，手拿着LV包，站在路边向朝着她驶来的出租车招了招手。喝完酒后的绿林脸红扑扑的，特别好看。她带着满脸的职业笑容送客户上了车，并跟对方握手互道合作愉快。

送走了客户之后，绿林也为自己拦下了一辆出租车。她收起了刚才脸上那标准化的笑容，将高跟鞋脱掉，带着微醺的酒意，看着窗外被

雨水渲染得朦胧的高楼大厦。在光影交错间，她觉得眼前的景致特别漂亮。她爱这座城市，虽然她在这座城市的每一步都走得很艰辛。

这时，出租车上收听的电台里放出了绿林最喜欢的那首《新不了情》：“心若倦了，泪也干了，这份深情，难舍难了，曾经拥有，天荒地老……”歌声像是根针快准狠地刺进了绿林心里最柔软的地方，她嘴角微微向上，苦笑了一下。她笑的是那个曾经特别傻的自己。

不知不觉，车经过了恒安广场，那儿曾经是她跟他最常去的地方。他们第一次约会，便是在这座广场里的一家西餐厅；第一次接吻，是在广场后的那条小巷；他们也曾在这座广场中的KTV里跟朋友们疯狂度过了很多个夜晚。

这里一切的一切，都有他和她的故事。不知道为什么，这段时间绿林经常会回忆起跟陈曦在一起的日子。想起那条他曾经一起走过的路，一起待过的河边，下班后一起吃过的那家牛杂档口，还有一起听过的歌。

02

绿林和陈曦的爱情，在相恋一年后就结束了，原因是陈曦出轨。

原以为他们的感情就到此为止，互不相干了。可男人离开了那个深爱他的女人之后，往往会后悔，因为就像陈曦再也找不到一个人，像绿林爱他一样认真、执拗和不顾一切。

在离开绿林的第298天，陈曦回来了。他说，他最后才发现自己最爱的人是绿林。

旧时光总让人着魔，爱过的人都渴望能破镜重圆，却不愿意看清曾经的爱早已消失的事实。绿林就是如此。他对她的一点点好，都会被她放大无数倍，遮蔽住她眼前真实的世界，轻易抹掉过去的一切不美好。然后绿林还默默宽慰自己，浪子回头金不换。

绿林开心得不行，她以为曾经的那些甜蜜又通通回来了，那些深夜里的缠绵，那双温暖厚实的手掌，那份炙热强烈的情深，那些浓情蜜意的吻，那些耳鬓厮磨的情话……

他们虽然度过了一小段甜蜜的时光，可是，既然是浪子，又怎会甘心安于“一箪食，一瓢饮”的平淡日子里？

陈曦贪恋灯红酒绿下的夜夜笙歌，沉迷醉生梦死的花天酒地。夜店之中无真爱，他懂，但情愿飞蛾扑火。

于是，陈曦走了又来，来了又走。绿林终于万念俱灰，她搬了家，换了工作，删掉了陈曦的一切联系方式。

陈曦的世界里，从此再无绿林。

03

“小姐，到了。”司机的声音将绿林从回忆里拉了回来。

意外的是，绿林这一次想起陈曦居然没有掉眼泪。回到家，洗完澡后已经是凌晨3点多了。她打开音响，找到《新不了情》这首歌，点开单曲循环。

窗外，雨下得更大了，绿林却在这一刻感到安心。她点了根烟，脑海中想起陈曦充满疼惜的那句：“绿林，你什么时候也开始抽烟了？快，给我熄掉。”

绿林深深地吸了一口烟，又狠狠地将它掐灭。

在陈曦离开后的日子里，绿林过了一段很堕落的生活。她学会了抽烟，喝酒从一杯就醉倒，到后来千杯不醉。

那段时间，陪伴绿林的只有烟、酒和孤独，朋友都说她变得越来越堕落。

还好这样颓废的时光，绿林并没有沉溺太久。大约两个月后，她就重新振作起来，跟朋友合伙开了间工作室，终日埋头工作。熬困了就睡，放假就出去旅行，她不容许自己有多余的时间想起陈曦。

渐渐地，经过岁月的洗濯，绿林真的把陈曦“忘”了。

此刻，伴随着窗外的雨，绿林渐渐有了困意。她扯了扯被子，将自己盖得严密，像被包裹严实的婴儿。她又想起两人一起淋雨时的畅快，以及跟他躲在屋檐下避雨的亲密。

绿林闭上眼睛，她明白，虽然身处一个浮躁的社会，但是自己对待感情永远难以做到不温不火。她只能要么全情投入，要么全心拒绝。绿林想，是不是对一段感情别太认真的时候，大概就能赢？

可是，她不想赢。

不要和太小气的男人谈恋爱

01

“陆旭，你面对现实好不好？我们真的不可能继续在一起！不是因为我们异地，更不是因为第三者，而是我们真的不适合。你说过会慢慢了解我，可我已经给了你三年时间，但你做过什么？”

秦菱将怀中养了两年的猫咪还给了陆旭，跟他说这一段话的时候语调高了一个八度，果断而毫无回转的余地。

两天前，陆旭为了挽留她，不得不用两年前送给秦菱的猫咪豆豆来“威胁”。他知道她早就将豆豆视为家人，如果她不继续跟自己在一起，就要将豆豆还回来。秦菱被逼得无路可走，她真的累了，想跟过去彻底说声再见，然后去上海开始新的生活。

她最后看了豆豆一眼，咬着嘴唇对它说：“对不起，妈妈不能再照顾你了。”转过头，关上车窗，用最大的气力踩下油门。原以为会泪流满面，可秦菱没有哭，她颤抖地咽下了这种如鲠在喉的感觉，取而代之的是一种释怀的畅快。她叹了口气跟自己说：“终于结束了。”

但到底是释怀还是难过，她也说不清。打开音响，车内响起了她这段时间单曲循环的一首歌——《走在冷风中》。

“行走在冬夜的冷风中，飘散的，踩碎的，都是梦。”

02

在2014年的冬天，秦菱总是喜欢单曲循环刘思涵那首《走在冷风中》。**听伤感的歌并不代表心情低落，可能是因为受过的伤多了**，反而在甜蜜的时候听到伤感的情歌，心里的幸福感会更浓烈。

秦菱跟陆旭刚在一起的时候，两个人喜欢每天早上约在地铁口一起上班，陆旭总爱给她买豆浆和灌汤包。她看着他宠溺的表情，很少吃早餐的她二话不说就将早餐给吃了。

每逢下班，陆旭就在秦菱公司楼下等她，牵起她的手，走进人满为患的地铁。他们在拥挤的人群里聊着日常。他从背后抱着她，秦菱的手在空气中指指画画，嘴上说着那些无聊幼稚的冷笑话。他一直在笑，说她像个小孩。

“最好的时光，大概就是你在闹，他在笑。”秦菱谈过许多次恋爱，每一次都跌跌撞撞遍体鳞伤。她太缺爱了，她也想有个人无条件地疼爱自己，舍得在寒冬中从衣服口袋里抽出自己的双手给她取暖，愿意深夜里轻轻从背后抱住她。

后来她遇到了陆旭，他对秦菱好得不行，明明自己吃不了辣，却愿意陪她到重庆吃一个星期火锅；明明自己家和秦菱家相隔了一个小时的地铁路程，他依然宁愿每天多花两个小时送她回家。

可恋爱总是这样，开始的时候每分钟都妙不可言，遇到问题都愿意说一句“没关系”，或者是“有你在就好”，但爱着爱着，就有了许多个“我想要”和更多的“我觉得”。

那些迁就你的小细节，可以保持一阵子，却无法坚持一辈子，最后不喜欢就是不喜欢，没有任何的理由。**有一种爱情的结局，是无计可施。**

03

其实，秦菱真的是将陆旭当成这辈子最后一个男人去爱，所以起初她愿意掩饰跟他在一起的所有不适合。她为他的迁就而感动，而自己也在慢慢地适应他的习惯。

但有些事，不是努力就行的。

他们在一起一年之后，秦菱说想在周末去乌镇散个心，而陆旭觉得奔波还浪费钱，不如在家打个游戏、看部电影来得更舒适；她谈下了一个大客户，买了个1万元的包，他说她花钱实在太随意了；她花了几千元到美容院办了张卡，毕竟25岁之后的女人再不保养就真的老了，告诉他的时候只得到一个回复：你的钱怎么这么好骗；她为了看一场自己喜欢的歌手的演唱会，花几千元买机票和演唱会的票，可他却说她“脑子有问题”……

而他也逐渐为了生计而变得忙碌起来，专注工作而忘了要拥抱她。他曾经答应过秦菱，说为了给她一个家可以放弃买车的梦想，等一有了钱就去付房子的首付，可他最后还是买了自己喜欢的车；他也答应过要将秦菱当成公主来宠着、爱着，需要他的时候会第一时间出现在她面前，可当她真的需要他来哄时，他还是没有立刻到她家楼下。

有人会说，爱情可以输给现实、输给三观、输给金钱，而输给了“不适合”不过是不爱的借口。但只有经历过的人才懂，有时真的不是不爱了，而是两个人真的不适合。正是日常中的种种琐碎的小事，将一开始的爱打得落花流水。最后剩下的，或许只有唏嘘。

04

若不身在其中，何来感同身受?

不得不承认，有些人，爱过了还想继续爱；但有些人，爱过了只能说再见。“不适合”这三个字，除了是分手的借口，更多的是真的无法容忍在不适合的时光里，耗费着她的青春，又浪费了他的感情。

在每个人的一生中，总会遇到一些没有办法在一起的人。没有结果的爱情，它的结束就像冬去春来般明确，时间到了，就该转到下一个季节。一开始你以为轰轰烈烈无法抵御的是爱情，但经过多次的分崩离析后，回头看看那些荒唐的岁月，可能就会发现，原来一开始就是错的。

在秦菱和陆旭分开很长一段时间后，我见过陆旭一次。他还是跟过去一样没有变，留着一条小辫子，喜欢T恤搭配牛仔裤，喜欢喝豆浆、吃灌汤包，喜欢待在家，不喜欢到处走，喜欢换车并且依然没打算买房。他去了一次上海，只是为了将豆豆还给秦菱。

话题不自觉地落在秦菱的近况上。我问他，如果明知道秦菱最后离开你的原因，是“不适合”这三个字，那么一开始，你会改变自己去迎合她吗？

陆旭摇了摇头说，我明白她离开的原因，正如我也无法彻底将自己变成另一个陆旭一样，不适合就是不适合，再爱也难以彻底改变“道不合不相为谋”的结果。

陆旭没错，秦菱也没错，毕竟两个人的不适合，不是单纯一个“爱”字就足以弥补的。

不要暧昧，伤人伤己

有些人啊，就是差一点点，永远差那么一点点。

01

夏夏和陈晓认识的那年，刚好是紧张的高三。那是一段被应试教育束缚着，却又洋溢着青春气息的美好岁月。

“嗨，我是陈晓，你是夏夏，对吧？阿州经常在我面前提起你。”

夏夏每次想起她跟陈晓初次见面时的开场白，内心都会颤动一下。那会儿她躲在阿州身后，看着面前那个比自己高一头、鼻子高高、说话声音很好听的男孩，虽然谈不上一见钟情，但她知道，如果对方愿意踏出第一步，那么她就愿意跟着他的脚步走。

后来，夏夏过来找阿州的次数越来越多。有时候夏夏、阿州和陈晓会一起到图书馆复习，陈晓总是会抽出时间给夏夏恶补数学和物理。

她会在他打篮球的时候在场外助威，也会一起到饭堂里吃饭。陈晓总是记得她最爱吃饭堂里的猪扒；记得她喜欢在晚修之后跑到饭堂里买夜宵；知道她总喜欢嘴上喊着怕胖，但还是控制不住地吃，可他依然愿意给她买各种好吃的，比如小卖部里抢手的蛋挞，冬日温暖的奶茶，课间餐里热乎乎的热狗。

阿州总问陈晓是不是喜欢夏夏，但他从来都不承认，也不否认。

可谁知道，这些小温暖早已使夏夏心中的小鹿乱撞得厉害。她在等着他表白。

02

在这种打打闹闹中，高三毕业了。可跟以往不同的是，陈晓会私下找夏夏，有时候晚上会到她家楼下陪她聊天，带她吃好吃的，也会每天跟她道早安晚安。

有时候两个人并肩走在一起，不经意间会有身体的碰撞，仿佛下一秒就要手牵着手，但最后却又什么都没发生。

有人把暧昧很贴切地形容成“你想和她上床，她也想和你上床，你们都知道总有一天你们会上床，但不知道你们会在哪一天上床，这就是最好的时光”。

如今夏夏回想，要是没有后来发生的事情，这的确是一段很好的时光。暧昧的形成是日日夜夜的魂牵梦绕，可暧昧被戳破只需要一瞬间。那天，他们一起去参加毕业聚会，不管是夏夏、阿州还是陈晓都喝了许多酒，凌晨1点半，陈晓负责送夏夏回家。

在出租车上，两个人借着酒劲，仿佛再也无法抑制住这半年来积攒的荷尔蒙，炽热的吻终于缠绵在一起。陈晓抱着她，仿佛用尽了半生的力气。

03

那个晚上，是夏夏青春里最甜蜜的一夜。回到家的她连妆都没有卸，害羞地钻进了被窝，抱着身边那只一米八的大熊公仔，不断地回味着那个吻和那个厚实的拥抱。

我们算不算在一起了？一整晚，夏夏的脑海中仿佛上映了一部连续剧。她回忆着两个人过往的暧昧日常，幻想着未来的柔情蜜意。

到了第二天，正当夏夏打开手机，以为能够像往常般收到陈晓的“早安”时，却只收到阿州发给她的一句：“回到家了吗？”

这一天，夏夏都没有收到陈晓的微信，她忍不住给他发了句：“我们现在是什么关系？”一个小时之后，才收到陈晓的回复：“昨晚是我控制不住自己，对不起。”

看到这条消息，夏夏拿着手机的双手颤抖着，她心里明知道是怎么一回事，可她却不愿面对，不敢承认。

“你什么意思？”她继续给陈晓发信息。

“其实我一直都忘不了前任，我以为我是喜欢你的，以为跟你在一起后可以忘了她，但昨晚我才发现这是不行的。夏夏，对不起。”陈晓说。

后来，夏夏和陈晓也见过面，不过是在阿州或者其他朋友都在场的情况下。夏夏试过在他面前闹情绪，因为内心渴望得到对方的注意，试过故意说反话想让他难过，在看到他身边坐着其他陌生女孩时心里吃醋得不行。但冷静想一下又感到特别可笑，自己有什么理由吃醋？我希望你是我的恋人，可我们仅仅是朋友关系。

04

见到陈晓和她女友是在朋友的生日派对上。

夏夏原本说过不出席，可那个晚上闷得慌，她想用酒精短暂地抹去那些痛彻心扉的难过。可当她跟朋友推门进去的一瞬间，却看到陈晓搂着一个女孩，他笑得很甜，像当初她刚认识他那般懵懂。他替她喝了杯酒，女孩在他怀里一直微笑着。

她控制着颤抖的身体问朋友："坐在陈晓旁边的是他女友吗？"

朋友点了点头说："是呀，他们在一起很久了，好像分过手，可后来又在一起了，听说考到了同一所大学，也算是修成正果。"

那一刻夏夏终于明白了是怎么一回事。**他不爱你，才舍得暧昧。**

05

其实，陈晓对她的感情，不是不喜欢，是爱不起来。

有些人啊，看上去好像是差一点点，但事实上，却差了很远很远。两个人差点就能牵起对方的手，可就在那一刻，有一个人却忽然间转了身，朝着你的反方向越走越远。

或许如今男男女女的关系，真的如薛之谦歌里唱的："反正现在的感情都暧昧，你大可不必为难找般配，可能是现在感情太昂贵，让付出真心的人，好狼狈。"

有人在不断地伤害中，成了爱情里的胆小鬼。可夏夏却依然相信爱，有时候她会想起跟陈晓的那段遗憾，那份残缺的美丽成了她心底里的朱砂痣。她不怪他，因为她后来也遇上了许多虽然喜欢但却无法在一起的人，她也知道对于爱情这件事来说，不是努力就能够在一起的。

但遇见的人多了，夏夏却更相信：**爱情只有一个姿态，就是奋不顾身。**

主动点儿，他就是你的了

01

优优一直都很喜欢郑秀文这首《如何掉眼泪》，不仅仅是因为它好听，而是她一直都在暗恋着一个人，她觉得这首歌唱的就是自己的故事。

大学这四年来，我一直都是这段暗恋里的旁观者，每当优优得知男孩参加了什么活动，她会二话不说也跟着报名，就为了能够找个理由去认识对方。

男孩叫阿乐，优优后来拿到了他的联系方式。不管阿乐朋友圈发什么，优优都会为他点赞评论，如果男孩回复了，就足以让她开心一整天。就连阿乐的微博关注了什么人，谁回复了他的微博，优优都会将那人的微博也翻上一遍，看是否有阿乐的踪迹。然而阿乐已经有女朋友，她只能以朋友的身份站在他的身旁。

02

记得那段时间，每当阿乐跟女友吵架，他就会打电话叫优优一起出来喝酒，喝醉以后会不断地喊着女友的名字。

他难过，但优优的心更是痛得不行，但她还要扮演知心姐姐的角色给阿乐支招，帮他哄回女友。每逢情人节、圣诞节和春节，阿乐都会问优优，究竟要给女友送什么礼物，而优优心里明明吃着醋，却还是屁颠屁颠地问身边的朋友给女孩送什么礼物最贴心。

就连阿乐失恋的时候，优优都会想许多方法来让他开心。原本以为自己有希望以女友的身份站在他的身边，但过一段时间，优优又会听到两个人复合的消息。

那种感觉，就像有句话说的那样，**你连一秒钟都没有拥有过他，却感觉像失去了他千万次。**

03

其实，**一个人并不孤独，想一个人的时候才孤独。**

在爱上一个人之后，你学会了伪装自己。在他面前，你明明很在意，但还要装出一副波澜不惊的样子；明明很想被他拥入怀中，也要装成一副无所谓的模样，笑着说再见，笑着将眼泪硬生生地憋在心里。

这几年来，优优并不是没有透露心声的机会。有一次两个人喝醉酒，优优扶着阿乐回到宿舍楼下。醉醺醺的阿乐问了优优一个问题，他说："你对我这么好，是不是喜欢我？"那一刹那，优优很想回复他"对"，但当这句话即将脱口而出时，优优又将它咽了回去。阿乐跟女友牵手、拥抱、接吻的画面出现在优优的脑海中，他为了女友所付出的所有努力也在提醒着优优，提醒她"你不能破坏别人的感情。如果你表白了，你们连朋友都做不了"。想到这儿，优优告诉阿乐说："你想多了，早点睡吧。"

那一晚，优优彻夜难眠，心里始终有个声音：我没事，我很好，我没有在想你，我也不会爱你。

这三年来，优优都在自欺欺人。可就在上一周，优优发信息跟我说，她要放弃这个暗恋了三年的男孩了。我那句"为什么"都还没发出去，优优就给我发来了一句："他要结婚了。"

04

可能你也有过这样的感觉，只要跟喜欢的人见上一面，他的一个眼神、一个小动作都足以让你浮想联翩好几个晚上。那些甜蜜、心悸或忧愁，在一个人的舞台上演绎得酣畅淋漓，有声有色。

你瞒着全世界偷偷地爱着他，偷偷地走过那条他曾路过的街道，幻想跟他重逢时的情景；一个人偷偷地品尝他爱吃的麻辣火锅、小龙虾、大闸蟹，幻想着桌子对面是他微笑的模样；一个人偷偷地追他看过的电视剧、听过的歌，幻想跟他聊天的内容。

可只要你站在他的面前，又假装成若无其事般淡定，害怕如果再走近一点，身体便会由不得自己控制，恨不能立刻抱着他，恨不得将自己所有的爱意和思绪都通通倾倒出来。于是你只能不断地压抑着自己，假装一副好哥们儿的模样。

怪不得，人们总说，**暗恋，是一个人的兵荒马乱。**

05

到后来，我终于明白了一个残忍的事实：这世上大部分的单相思都止步于朋友的关系。细想一番觉得，这有什么关系呢？正因为没有拥有过，所以这份回忆才更美好。他存在于你的回忆中，永远都有着阳光的笑容，穿着干净的白衬衫，温文尔雅地谈笑风生。这一切，是多么美好的模样，我们之间永远不会有失恋，不会相互折磨，更不会因为一句分手就从此分道扬镳，老死不相往来。

所以，就这样吧，这场青春期里你自导自演的独角戏，终究会有闭幕的一天。爱而不得或许是爱情里残缺的美好，真正的爱情，就是不问值不值得。

陪伴胜过言语，
细节胜过情话

01

我吃完夜宵回来已经凌晨12点多了，吃了喜欢的小龙虾、烤鸡翅、羊肉串。肚子饱饱的，心里却空空的，可能是因为刚下的一场暴雨，也可能是因为深夜时离真实的自己最近吧。

闲来没事就翻看朋友圈。不知道从什么时候开始，我发朋友圈的次数越来越少了，那些伤春悲秋的句子写完放在备忘录里，也懒得再发出去。过往发过的图文早就设置了“仅自己可见”，也不再费尽心思弄什么分组。

有人说，不要轻易看和喜欢的人的聊天记录，你会发现他变心的过程。但其实除了聊天记录，也不要轻易翻开自己的朋友圈，你会发现曾经还会脸红心跳的自己，早就随着那个人的离开一起烟消云散了。

其实，我也会害怕时间埋没你所有的情深。

02

阿Sam在微信群里说他在家待着受不了，问谁能出来陪他走走。我说我也觉得闷，我们一起出来走走吧。

他是受不了前任还留存在家里的气息，而我只是受不了家里的闷热。不到半个小时，阿Sam就开车到我家楼下。在车上坐了不到一分钟，我跟阿Sam说好冷。他沉默了一会儿，跟我说："不好意思，我习惯将空调开得这么低。"

其实哪里是他习惯，是他的前任乐乐喜欢吧。之前每次坐他们的车出去玩，车里的温度总是低得我大呼小叫的。这时阿Sam总是得瑟地跟我说："喵你就忍忍吧，谁让乐乐喜欢呢。"每次听到他说这句话，我心里都暗暗地立下flag：等你有机会坐我的车，我打死都不开空调，让你跟外面的热风谈恋爱吧！

不一会儿，阿Sam居然开车带我来到了乐乐家楼下。我知道他有很多话想说，便将音乐声调低了陪他聊天。想说什么就说出来吧，要酒也行，我去买给你。

03

还没等我说完话，阿Sam便指着楼梯口跟我说："我跟乐乐第一次牵手就是在这儿。每次约会后送她回家时，我们俩总爱在楼梯口坐一会儿，然后聊天，聊工作、未来，甚至还聊以后的宝宝到底像谁。你知道吗，跟她分手之后，我只要经过这附近，一定会将车停在这里不断单曲循环乐乐最爱听的那首《花樽与花》，直到困了才走。你看，**生活总是跟你玩捉迷藏，曾经那些快乐的回忆，如今却陪着我难过。**"

乐乐跟阿Sam分开，是因为她觉得阿Sam给不了她想要的富贵生活。

人们总喜欢说，愿意为了爱的人拼尽全力，去给她最好的生活。可别人从来都不会告诉你生活最真实的一面——不是所有人的努力都能够得到理想中的回报，可能只有一半，可能只有四分之一。

对于爱你的人来说这已经足够了，可对于一个自私的被爱的人来说，她永远都会嫌弃你没有达到满分。

04

阿Sam带我去了许多他和乐乐去过的地方，他们初识的餐厅，经常一起寻欢作乐的酒吧，还有夹杂熟悉味道的烧烤店……

阿Sam以为他只要重新走一遍跟她走过的路，就能够沉溺在过去的回忆中而不必回到现实。可他也应该知道，路可以重新走，爱却无法重来，即使每天回忆一千遍，该走的人，还是只会留给你一个永不回头的背影。

阿Sam送我回家之后，我发了条微信跟他说：**“那些路，别再走了，回忆中的快乐就应该藏在心里，而不是让它在现实面前成为一种难过。”**

有时候不免觉得，**长大其实就是一个学会伪装自己的过程。**每受一次伤痛，就给自己戴上一副面具，直到多年后，学会了在在意的事情面前展现出一副波澜不惊的面孔，在欲望面前也懂得了装作可有可无，学会了将眼泪藏在心里，这算不算是每一份无法善终的爱情带给我们的后遗症呢？

可仔细想想，这好像也没什么不好的，也算是你离开了之后，留给我唯一的纪念品吧。

恋爱中不需要滥好人，
更不需要备胎

01

昨晚老薛来北京，阔别四年，我们终于见上了一面。尽管六月的北京很炎热，但我们还是去吃了火锅。老薛一如既往地喜欢毛肚、虾和大白菜。

酒过三巡之后，酒精将我们的距离重新拉近。久别重逢的两个人，能谈的，只有往事吧。我很不识趣地问他：“老薛，你究竟去了哪里？你知不知道，我跟阿静都很担心你？”

老薛没说话，打开手机相册给我看，上面有他到处旅行的照片。他说，他辍学后，自己走了许多地方，后来，就被父母安排出国读书，现在定居在澳洲。

能够让男人一瞬间成长起来的，除了家人，就是女人。老薛的成长，来源于后者。

还在读书的时候，我、老薛和阿静的关系就像铁三角一样牢不可破。后来阿静开始谈恋爱，我们三个人的关系好像就有些变了，老薛总是无端地吃醋，无端地发脾气，无理取闹。原来，他用男闺蜜的身份，爱了阿静两年。

我问他："为什么不表白？"

老薛说："我觉得当时的自己还配不上她，没有照顾她的能力，害怕自己不成熟，会伤害到她。"

后来，老薛好像也接受了阿静的新恋情，可他的那份爱，却像决了堤的河水，一发不可收拾。他一如既往地对阿静好，甚至比以前更好了，在阿静被欺负的时候，他先于她男友出面；她没人陪、被冷落的时候，他能够放下手上的事情去陪她聊天。

有些关系就是这样，一个装傻，一个真的傻。

但人和人之间终究是不同的，有的人在风雨中送来的晚餐，却不及别人一句随意的晚安。

无论老薛做得多好，阿静都是睁一只眼闭一只眼，假装看不到。

02

那段时间，老薛经常约我出来喝酒，我们经常偷偷买来一堆酒，趁着晚自习的时候，上宿舍楼顶喝，不醉不归。每次喝醉，他都会放下平日里的坚强，在我面前说许多话，他说他会继续等下去，他说他不想只和阿静做朋友。

可每次说完醉话，第二天他都会照例给我发来一条短信：不要告诉阿静。

直到后来，阿静的男友出轨了，老薛知道后，他的第一反应就是找阿静的男友打了一架。这件事被学校领导知道了，老薛被劝退。但那时候阿静陷在爱情里分不清是非黑白，依旧袒护着男友。

她得知老薛打男友的事情之后，跑去跟老薛大闹了起来。他们吵了很久，我也在场。其他话我早就忘了，但有几句话我后来却时常想起。阿静说："你究竟有没有把我当朋友？他是我男朋友啊，你为什么要打他？"老薛说："你知道我跟你想做的不只是朋友。"说完，老薛转头就走了。

后来，我们得知老薛被劝退，此后就怎么找都找不到他。阿静也很后悔，后悔自己的后知后觉，后悔跟老薛说的那些话，但让阿静更自责的，是她明知道老薛喜欢自己，还不及时跟他说清楚。

但如今想起这件事，其实觉得他俩谁都没有做错什么。不过是他爱她，她爱另一个人而已。当你爱上一个人的时候，喜怒哀乐自然就受他影响，怪谁呢，那个深情的自己吗？

所谓男女闺蜜，不过是掩饰当事人的情深罢了。

03

那晚，我跟老薛又喝酒到很晚，他说都这么多年过去了，感情肯定是放下了，不过，却不太敢再去爱。我跟老薛说：“我们才二十几岁，不该就这样对爱情失去信心。如果下次再遇到喜欢的人，别跟她做朋友了，直接追她吧。”我不知道老薛究竟听没听进去我说的话，因为他又喝醉了。

回家的路上我在想，以朋友的身份守护在喜欢的人身边，究竟是一种多么残忍的折磨：看到她的时候忍不住想对她好，但又要时刻提醒自己把握好那个度；当她给自己一些关心的时候，既无法抑制嘴角的上扬，又无法制止内心的幻想；对着微信成百上千个好友，却只想收到她的消息。

你想让她关注自己，她却假装不懂。**别再说陪伴是最长情的告白，直接跟她表白吧。毕竟，谁都不缺朋友，缺的是一个对的爱人。**

哪怕深深爱过，也要轻轻放下

01

这是徐宁离开中国的第五个年头。

五年，说长不长，说短不短，恰好能够让一个毛头小子成长为独当一面的大男人。

徐宁刚下飞机的那一瞬间，觉得空气熟悉又陌生。他决定回国，有两个原因，一个是想陪在父母身边，毕竟自己是独生子，外面的世界再好看，也比不过跟父母简单地吃一顿饭温暖。这种思乡之情，在外面待得越久，感觉越浓烈。

另一个原因，是他终于放下了当年失恋的痛苦。当初，徐宁并没有出国留学的打算，是因为她坚决提出分手，徐宁为了逃避痛苦才选择离开。他想了许多她要离开的理由，可真相却是她爱上了另一个人。

走出失恋的方法，可以是时间和新欢，也可以是逃避。他很没有骨气，所以选择离开。

在我们的生命中，时间有时候真的很神奇，浓烈的爱终将成为我们心头上的朱砂痣，它会提醒你爱曾经来过；痛彻心扉的失去终将成为身上早已痊愈的疤痕，它会提醒你凡事长点心。

02

回国的第一天，徐宁在家睡了一天，然后跟父母到餐厅吃了一顿团圆饭。阿文、琪琪和刘畅知道徐宁回来了，硬是拉着他来到他们曾经合住的那家公寓。他们四个人吃着烤焦了的烧烤，喝着冰冷的啤酒，桌子上还摆着一分为二的西瓜，上面插着四把勺子，场景像五年前徐宁离开时的那次聚会一样。大家好像变了，但又好像谁都没变。

阿文洗掉了文身，短发留成大波浪长发，不再穿着牛仔裤、T恤，而是换成了花花绿绿的裙子；琪琪早已不是学生时多愁善感的样子，经历了一段虐恋之后，她好像对爱情绝缘了，不断用工作去填满自己的生活；刘畅基本上没有太大变化，说话还是一针见血，有哪句就说哪句，他依旧是曾经那个真实的他，不虚伪，不造作。

音响里放着卫兰的《my love my fate》：

从来并未练习过温柔，
迟学你或已经没法接受，
然后你会说我跟她分左与右，
谁稀罕这种手拖手。

03

萧楠这个名字，就是刘畅提起的。

徐宁问了句，她现在怎么样了。

刘畅说，不知道，也很久没联系了。然后问，还恨吗？

徐宁不假思索回答他，不恨了，都过去了。

刘畅跟徐宁碰了杯，一大杯啤酒三两口就被徐宁喝光了。

那个晚上，其他几个人喝完酒便各自睡去，只剩下徐宁一个人还清醒着，可能是因为时差，可能是因为酒不够，也可能是因为想起那个人。

但这种感觉很奇怪，徐宁并没有想到曾经的那些背叛，而是想起第一次牵萧楠手时小鹿乱撞的感觉；他想起每天下课后，两个人肩并肩一起打饭时说着老师的坏话；他想起还在读书时，偷偷地在躲在被窝里按着手机键给萧楠发信息的深夜。

原来，“爱过”这两个字，也并不全是难过。

04

很多人问我，怎样才能真正放下一个人？这个问题从来都没有答案。**大多数时候的放下，不是因为突然就舍得了，而是因为期限到了，任性够了，成熟了，也就知道这一页该翻过去了。**

那句话说得好：咬到舌头才知道吃东西不能太急，爱过错的人才知道不是执着就能在一起。所有的经历都是必然，不摔跤永远不知道哪里的路最平坦。

这些经历，或许就是成长吧。如果你真的不爱了，及时告别也没有罪。

徐宁在想，他或许还能够重新遇上爱的，因为他相信这世界依旧存在美好的事情。在他看来，他早就放下了“萧楠”这个名字，但在我看来，他是在这个晚上才将过去彻底放下的。因为**真正的释怀，是心里只记得她的好。**

谁让你那么爱TA呢？
爱自己不好吗？

01

还是睡不着，若菱按下手机的Home键，屏幕上显示的时间是02:01。

还是起来看会儿书吧，她拿起床头的那本《解忧杂货店》，书里的一段话直戳若菱的心：

“人与人之间情断义绝，并不需要什么具体的理由，就算表面上有，也很可能只是心已经离开的结果，事后才编造出的借口而已。因为倘若心没有离开，当将会导致关系破裂的事态发生时，理应有人努力去挽救。如果没有，说明其实关系早已破裂。”

看到这儿时，若菱冷笑了一下，是啊，爱情由浓转淡的表现，无非是两个人睡在同一张床上，一个人心中有鬼，另一个人疑神疑鬼。

02

下班时间一到，若菱跟同事说了句再见，便一个人走到了电梯口。她像往常般一个人坐电梯，一个人搭地铁，一个人吃饭。这样的情况维持了两个月。

若菱还记得她跟老谭刚谈恋爱那会儿，老谭总会准时等在她公司楼下接她下班，然后让若菱选一家喜欢的餐厅一起吃饭，饭后两个人再去看场电影，之后老谭会送若菱回家。虽然大部分时候，老谭都是赖在若菱家不走的。

那段时间，若菱好幸福。

在往家走的路上，若菱经过了那家常去的水果店，她今天特别想吃荔枝。走进店铺时，老板娘很不识趣地问若菱："一个人啊，老谭呢？很久没有见你们一起来买水果啦。"若菱强颜欢笑了一下说："在忙。"买完荔枝后，她特别想听听老谭的声音，便给他打了个电话。

"喂，在忙吗？"若菱说。

"对，在开会，先不说了，晚点找你。"老谭说。

嘟嘟嘟嘟……

那晚，若菱等到了凌晨4点，都没有等到老谭的电话。

03

有朋友调侃若菱说，你看，你明明是有男朋友的，却过得跟单身的人没啥两样。每次找老谭，他不是忙，就是累。后来，他对她越来越冷淡，微信里每天的聊天记录不超过十句话。可若菱还会给他发去大段大段的文字：“累就要早点睡，少抽点儿烟，少喝点儿酒，照顾好自己。”“我好想你，什么时候可以见面？”……

若菱一直这样，老谭不理她，她会坐立不安；老谭一理她，她就“噌噌噌”地赶紧回十句。可现实是，老谭就是她生活里的“明天”，不管她怎么努力，都追不上。

直到有一天，若菱因为房子租期到了要搬家，老谭也答应过来帮忙，可到了搬家那天，他却跟她说要出差，让她自己叫货车来搬。

若菱一个一米五八身高、体重45公斤的女孩，在七月炎热的天气里，一个人又搬又抬，将十多箱行李从一个地方转移到另一个陌生的地方，一直折腾到凌晨1点。她忙完后坐在新家的地板上，给老谭发去一条微信：“我们分手吧。”然后便将老谭的微信和电话号码拉到了黑名单。

我需要你的时候你不在，那以后也不需要你出现了——这就是若菱当时的想法。

一个月后，若菱的朋友跟她说，原来她搬家的那天，老谭跟一个女孩旅游去了。

04

在爱情中，不是只有暧昧、在一起和分开这三种情况，还有一种关系是虽然你在我身边，可我却觉得你我之间相距十万八千里。就像是棋盘里的“士”和“车”，你像“车”一样可以任意在我的世界里来来去去，我却像“士”一样永远只能留在我的小方框里。

一段感情，对于最先不爱的那一方来说，是食之无味、弃之又可惜的。他假装自己还有那么一丝良心，却用冷暴力来逼迫另一方先说出“分手”这两个字，那么他便可以理所当然、大摇大摆地离开她的世界，毫无愧疚感。

如果在恋爱中的你仍像在过单身生活一样，那就离开吧。毕竟，如果对方没有变心的话，感情是不会无缘无故消失的。

失去后再珍惜，有时会太晚

01

有位读者说，每次跟男友吵架，男友从来都不哄她，而是用冷战的方式对待她。每次都是她先忍不住低头去哄男友，才能打破这场冷战。我一边听她的埋怨，一边心疼这个女生。**在冷战中先低头的人，大概是因为太害怕失去吧？**

原本在吵架过后的那颗心就已经被怒气充斥满了，可无论多生气，女生心里面会隐约地产生一种想要对方哄一哄的渴望：我想听到你的甜言蜜语，想让你抱着我说“别生气好吗”，想你偷偷地亲我一下以示和好。

只要你踏出一小步，我就会向你迈出一大步啊。

可现实中什么都没有发生，只有心里的那份怒气和萦绕在身旁的空气陪着你。一小时、两小时，一天、两天……等不到他的联系，你只能厚着脸皮，在微信上给他发句“在吗”，去试图打破这场冷战。谁知，每当这样主动一次，心里那份炽热的爱便多一些不安全感，你越来越担心会失去他，便试图更用力地抓紧他。

可是亲爱的，每次吵架你都是“输”的，那他又能有多爱你？

02

说起吵架，想起莹莹曾经跟我抱怨过：“我跟男友吵架的时候，永远都是吵不赢他的，除非是大家都累了才停止。即便是他做错了，他也会找出各种理由来说我不对，好累啊！”

后来，他们俩分开了。

莹莹在男友洗澡时，看到他手机上弹出一条微信，上面写着：“亲爱的你在哪儿呢？我下班了，过来接我好吗？”

当看到“亲爱的”这三个字时，莹莹的脑子里“轰”一声炸开了。她忍不住打开男友手机翻看他跟那位“亲爱的”的聊天记录，越看越心寒——她像一个人孤零零伫立在夜晚的风雪中一样，寒得透心。男友发给女孩的信息非常暧昧，甜言蜜语一大堆。而这种话，他是从未跟莹莹说过的。

在男友微信上，莹莹还看到有一次他因为忘记对方生日没有买礼物，女孩在微信上不断地埋怨，可男友依旧温柔地哄对方，信息中丝毫不见不耐烦的情绪，还给对方发出“520”“1314”这样金额的红包。在那一刻，莹莹彻底明白了，他并不是不会哄人，也不是不会低头，只不过是他爱的人不是我，又怎么会哄我呢？

一直以来，莹莹都没有查看男友手机的习惯，在她心里，爱情是需要互相信任的。可惜的是，她信错了人。

03

有人问过我，怎样才能看得出对方真的很爱你？是给你很多钱，还是在你身上花很多心思和时间？都不是，所有这些付出都不过是他想拥有你的方式罢了。

真正爱一个人，是在她惹得你火冒三丈时，你依旧能够控制住自己想对她发脾气的冲动。生气怎样，想发飙又怎样，都抵不过她在你身边呀。

我很信服一句话：**不爱你的男人，才跟你谈原则。**

我的闺蜜kk跟男友曾经在生意上出了个大乌龙，每次想他男友处理这件事的态度，都忍不住要给她男友点赞。

事情是这样的，那段时间kk急需十多万元现金周转，而kk又是那种绝不用男友钱的女生。于是男友想了个方法来帮她，他跟kk说，自己的公司需要购买一批原材料，他拿到的报价是××元/米，如果kk去找供应商能谈得比这个价格低，那么差价就归kk。

三天后，kk跟男友说有另外一家工厂愿意给他们更低的价格，男友因为信任kk，便决定和跟kk报价的这家工厂合作，并签订了合同。

可是，当男友和kk跟着合作方去工厂后才知道，原来对方这个报价的材料，跟kk男友要的并不是同一种材料。到头来，原以为稳赚的差价没赚到，却赔进去不少钱。但在回去的路上，男友一点没责怪kk。

如果出于原则、钱和生意层面上的考虑，男友理应责怪kk，而kk也因为过于自责也一直没脸见男友。但没过两天，男友便找kk说了他的想法，虽然一开始很生气，但想了想觉得责怪也没用。“你是我的女友”这件事比钱更重要，就当是两人用钱买了个教训，希望kk以此为戒，下次遇到这些事情一定要问个清楚再去做。

用kk的话说，看着眼前的这个大胖子，仿佛瞬间就成了帅气无比的天使男，她的安全感被男友填充得满满的。

虽然对kk男友来说，亏了那么多钱并不是一件小事，但比起能始终陪伴在kk身边，每天看到她开心的样子，那些亏损的钱，就一点也不重要了。

04

在一些情况下，情侣在吵架时对彼此的态度，最能看出你在对方心中的位置——在气头上，他对你有多容忍，爱得就有多深。

如果你身边的那个他，每次吵架的时候都吵不过你，每次冷战的时候都先打破这份僵持，那么亲爱的，请你一定要珍惜，不要以为那是你口才好赢了，也不要认为那件事真的就是他的错。

他不想吵赢你，只有一个原因，是因为爱你呀。

所以生气一阵子就好了，因为在那些冷战的时间里，他心里有两个小人在打架，一个叫“你的错”，一个叫“我的错”，虽然每次都是“我的错”打赢了，但这份僵持的寂静中，最难受的还是你面前这位最爱你的人。

第三章

希望你有勇气，重新来过

安全感是需要自己给的。

你要开始学着收敛和保留，

开始尝试习惯一个人的生活，

懂得享受清晨明媚的阳光，

学会观察繁华路口每个人的表情，

有空的时候就多赚点钱，

每次出门的时候，给手机充满电。

爱情里，不要用力过猛

01

“刘强，你是不是耍我？我用三年的青春跟你在一起，现在你才说你心里一直都爱着她？”

阿娇将手上的水杯向刘强的方向摔了过去，杯子不偏不倚地砸在了刘强左手边的酒架上，“砰”一声，两支红酒也随着杯子滚动在地上，玻璃瓶子碎了一地。红酒的颜色跟这段感情一样，在死寂的深红色中看不到任何希望。自从刘强的所有秘密都浮上水面，感情也像刚刚打碎了的杯子般，无法再用谎言去假装现实安好的模样。

“对不起，我真的努力过，但还是忘不了。”

“你到底喜欢她什么？我有什么比不上她？”

“我也不知道，其实她没有照片上好看，也有很多缺点，情绪一上来不管三七二十一地摔东西……我也不知道我喜欢她什么，但就是一直都忘不了。阿娇我知道我对不起你，但不管怎样，我们也只能分手了。”

阿娇抬起头认真地看着这个自己爱了三年的男人，她一直对他都特别好。

曾经他的每条朋友圈她都会点赞或者评论，因为她知道他喜欢被人肯定的感觉；曾经他说过喜欢某个牌子的衣服和香水，只要这个牌子上新了，她宁可少买一件自己喜欢的东西，也要买下它们，还假装当成某个节日的礼物提前送给他；曾经他说过喜欢吃某个街道的牛杂、双皮奶和鸡蛋仔，她就会转三趟公交再走一公里的路，假装路过给他买回来。

即使在得知刘强跟前任还有联系的时候，她也从来没有放弃过这段感情，她以为感情这件事只要肯努力，结果都不会太差，可阿娇却忘了，**什么事情都能够努力，可爱情却偏偏是个例外。**

今年的北京特别早就开始降温了，此时的阿娇拖着刚搬来时的箱子，穿着那件刘强曾经说很喜欢的大衣，轻轻地关了门，就再也没有回去过。

02

阿娇曾经也想过两个人如果有一天会分手的原因，或许是性格不合，或许是家人不同意，但却从没想过自己原来一直是他前任的替代品。

他带着她去之前他们去过的地方，吃他们之前吃过的餐厅，在他们之前同居过的房子里生活着——刘强以为这样阿娇就能够取代心里那个她的位置，但他精心伪装的一切，却在前女友回国见面的那天支离破碎。

他开始瞒着阿娇去找前女友，一而再，再而三，终于被阿娇发现，她才知道自己一直都被蒙在鼓里，可阿娇却还是想让他回到自己的身边。直到后来，阿娇见到了刘强和前女友在一起时的样子——他会过马路时牵着她的手，会频繁地给她朋友圈点赞，会给她剥虾……看着那些他从来都没为自己做过的小事，阿娇才知道他从来都没有爱过自己。

传说，猫可以经历九次死亡，鱼在第八秒的时候会删除记忆，那你说，我在第几次失望后才能不爱你？

03

她忘不了他，他忘不了她。

你说，一个人到底有多幸运，才能够一直被另一个人惦记着？不管这个人到底有多少缺点，长得好不好看，身材好不好，有没有才华。但有些人就是有这份幸运，可以在某个人的心里，谁也代替不了的——

只要你来过，心里多一个人都是多余的。就像刘强对前任，就像阿娇对刘强。

又或许，爱就是不问值不值得。

我始终希望你过得比我好，但不要让我知道。

余生，找一个愿意听你说废话的人

01

菲菲说：“我跟他分手了。”

还没等我反应过来，她淡然地继续说，“曾经我觉得自己是世界上最爱他的人，除了出轨，他做什么事我都会原谅，毕竟两个人在一起也不容易，能够修补的关系何必用分手来解决？但现在我真的累了，你们写文章的不也总说，攒够了失望就该离开吗？我现在终于能够切身体会这份感觉了。”

听菲菲说着两个人相处的细节，**说明爱情的崩塌，真的不是一瞬间的事，而是日积月累的沉淀。**

菲菲需要他陪伴的时候，他总是把工作放在第一，从来都没有在意过她的感受；菲菲明明不爱吃鱼，也提醒了他许多遍，可他却从来都不会放在心上；她跟他在一起两年了，可他却从来没有将她介绍给他的家人、朋友们认识。

菲菲争取过也努力过，但他总是让自己失望。最后啊，她再也不想争取了，她累了。

02

在微博里看到这句话：

“失望累积得太多，再慷慨的爱也会碎落满地，无论怎样还是会觉得无能为力。我也曾想义无反顾地等你，可是最后只剩对不起，我爱你，但是我已经不等了。就当风没吹过，你没来过，我没爱过。”

习惯会让你无法离开一个人，但足够的失望却能够让你头也不回地离开那位让你死了心的人。

那晚跟菲菲聊了很久，在我送她回家时，我安慰她说别再难过了，即使再继续在一起，他也无法给你幸福。菲菲笑了笑回复我说：“说真的，分开之后我反而松了一口气，终于不用再继续失望下去了。后来我从局外人的角度去看他，觉得没了爱情这个滤镜，他其实也很普通。”

跟菲菲分开之后，我回想曾经自己的感情也不免觉得，爱情的确是个特别神奇的东西，你爱的那个人原本也不过是位普通人，但因为你的喜欢才让他镀上金身。

可我既然能够为你镀上金身，我同样也能够亲手毁掉这一份荣耀。在你让我攒够了失望之后，过去那种死命想要攥在手里的感觉慢慢都会变成“无所谓”。曾经金灿灿地出现在我面前的你，如今也开始变得暗淡起来。你不在也好，我终于不用在那些深夜里掉眼泪了。

03

当你终于对一个人死心的时候，应该觉得庆幸，因为这往往是走出失恋的第一步。

当我们爱上一个人的时候，就会不断地放大他的优点，从而遮挡了他的缺点。两个人在一起的时间越长，就会出现各种小问题，他开始变得没这么有耐心，变得不再在乎你的感受；当这份爱的天平逐渐不平衡的时候，对方也逐渐露出“真面目”。

后来你终于无法忍受他日复一日的冷淡折磨，也就能够悄无声息地离开。

04

最后你会发现，世界上从来都没有理所当然的喜欢，更没有毫无底线的纵容。两个人因为爱情而走到了一起，如果有一方不珍惜，对另一半一而再、再而三地伤害，那么当另一半攒够了失望，爱情就结束了。

如果你的付出一直不被珍惜，如果你的感受他永远不去理会，那就尽快离开吧。一时的难过可能会痛，但好过被他日以继夜地折磨。

当你真的离开他一段时间之后，就会发现他也只是个普通人，普通的外貌，普通的性格，普通的工作，在街上一抓一大把。

世界这么大，没有谁是非谁不可的。

愿她从此内外皆独立

01

昨晚我跟阿苏吃完夜宵，她说想看《速度与激情8》。我在美团APP上看了看，发现附近的电影院都没了场次，只剩下某家电影院还有12点的票，可这家电影院是阿苏的禁忌，便跟她说没场次了。

阿苏抢过我的手机说，刚才明明看你手机上有场次的。可当她看到那家电影院的名字时，前一秒的兴奋瞬间消失。但她淡淡地说了句，去吧，不会这么巧的。说完，她握着手机点了几下，没等我制止她，就已经买好了电影票。

阿苏跟前任在一起的时候，两人都特别爱看电影，而这家电影院离阿苏家比较近，重点是她特别爱吃这里的爆米花，所以她和前男友以前经常来这里看电影。在一起的时候，男友会买好电影票和爆米花，到阿苏公司楼下接她下班。两人看完电影，便到隔壁的大排档吃夜宵。如果还是不舍得分离，就拉上几个朋友一起唱K。

以前他们总会叫上我，让我做一只闪亮的灯泡。阿苏当时的甜蜜样子还让我记忆犹新，谁知道一转眼，再也无法在阿苏脸上找到那样的笑容。

亲爱的阿苏，我宁愿一直做一个电灯泡。可是，你也明白，爱情总是禁不起时间考验，喜欢会变成不甘，深爱会变成心酸。

02

我当时真该制止阿苏买票。

当我们到前台取完票，一转头就见到阿苏的前任，他身边还有一位长头发的女生。那个女生虽然没有化妆，但也能看出她五官精致。他们两人十指紧扣，着装很随意，穿着情侣拖鞋。那个女生好像在说什么，两个人笑得很开心。当看到我们的时候，阿苏前任脸上的笑容瞬间凝固了，他好像想说点什么，又欲言又止。

阿苏站在我身边，虽然我和她只有手臂间的触碰，但能明显感受到她在颤抖。她拉着我，越走越快。阿苏抱在怀里的爆米花，也因为快速移动被撒得满地都是。

最后，我们没有看电影，而是跑回车上，让阿苏在车里尽情地哭。

现在回头想想，我总觉得那张电影票是阿苏故意买的，她知道他一定会去看《速度与激情8》，知道他很喜欢看深夜场，知道他一定会选择周末去看。所以她说要看《速度与激情8》，说去那家电影院也没关系，其实只是想见他一面。

有时，爱情不过是一场阴谋论。

03

我很早就知道阿苏的前任有了新女友，他的朋友圈里都是她，饭局上他总带她出现。我原本想晚些再跟阿苏说的，等她没那么难过的时候，等她有了新欢的时候，等她开始了新的生活的时候……但我却忽略了，有些爱情，并不是那么容易就淡忘。

既然已经受了伤，刺得再痛些又何妨？熬过疼痛，这事就过去了。

我拿出手机，打开阿苏前任的朋友圈，给她递了过去。不出意外，她看完哭得更撕心裂肺。在她呜咽的言语中，我听她说："我以前让他发我们的合照，他总是拒绝。""我让他发朋友圈，他总是说他不爱发。""他骗我，什么都骗我。"

我不是阿苏前任，并不知道他怎么想，但作为局外人，也不难看出他是爱现任比较多吧。毕竟，他会跟她秀恩爱，会向朋友介绍她，会接受她的素颜，会将她介绍给家人认识，会为了她放弃阿苏……

04

爱情有许多种味道，偏偏，最甜的和最苦的都是你。

所谓最深刻的爱，不是痛苦到失眠，不是难过时哭着喊他的名字，而是他的踪影，一直伴随着你，挥之不去。这样的压抑，让你喘不过气，哭不出来，咽不下去，经久不散。

有时候不免感叹，人之所以无法逃脱苦痛，是因为无法逃离爱。爱和痛总是捆绑在一起，不管是阿苏、我，还是你，我们都想做那个人的最爱，但结果往往是那个人成了我们的最爱。

你曾经的英雄，如今在为另一个女孩披荆斩棘，最终他留给你的，是一份无法喘息的压抑。

不过也没关系啦，人生这么长，你也终将遇到最爱自己的人。

要清醒地认识到，我们无法拥有任何人

01

一早我就陪着云云去机场，她就要到北京发展了。看着她走进安检时的背影，孤单又落寞，但无疑又是坚定而执着的。我除了祝福她能够顺利开启新的生活，别无他愿。

就在前一个星期，云云哭着给我打电话，让我去她家陪她。我心里无疑是诧异的，云云有个很疼她的男朋友，又刚找到一份薪酬不错的工作，能让她这么难过的，究竟是什么？

一进门，我就见到地上有一大堆啤酒瓶，云云躺在沙发上，旁边堆着各种照片，都是云云跟一个男孩的合照。男孩看上去很阳光，云云依偎在他身旁，带着笑容。

我问云云发生了什么事，她说："我没告诉过你吧，其实我一直都忘不了以前的男朋友。每当我一个人在家的时候，总会想起以前跟他在一起的时光。我们大一时就在一起了，他经常会下了晚自习到教室找我，然后牵着手跟我说，我们回家吧。有时候我饿了，他二话不说就起来做我最喜欢的番茄鸡蛋面。如今想想，我们也一起经历了很多事情。可后来，我们还是分手了，原因是他真的忍不了我的脾气，我也跟他斗气。那时候我很幼稚，以为没有他我还是能过得很好，谁知道不是的。"

云云又喝了一大杯啤酒，我没有制止她，或许这样她会好受一点儿吧。

她接着说，"以前听别人说，人如果回头看看，就能发现有些人我们一辈子都忘不了。那时候我是不信的，但现在我信了，有些人的出现就是会让你难以忘怀，自他过后，我真觉得自己谈的每一场恋爱都像是出轨。"

自那晚过后，云云就跟现任男友分开了。她说，既然自己忘不了过去，那也不要耽误他吧，这样对大家都好。后来，云云不想再留在这个充满回忆的城市，何况她也想到大城市拼一下，就决定离开家，一个人去了北京。

02

人总有自己过不去的坎儿，要么别人陪你过，要么时间帮你过。

安吉拉说过：“海港的灯火向我倾诉你的离去，皮凯蒂遍地玫瑰盛开，可没有一朵能如你。”

如果你心里也藏着一个忘不了的人，我想，你会懂得这种感受吧。

我们每天都认识许多人，比他好的，比他差的。可当你一个人的时候，还是只会想到他，他的好和他的坏……

有人会说你傻，如果真的很喜欢，那就去把他追回来啊。

这个建议我也跟云云提过，她说：“我不是没试过，但他拒绝了。他说我们已经回不到以前，现在的他，一心一意地爱着他现在的女友。当我看到他的朋友圈、微博晒满他跟女友的合照和情话时，我就知道我们真的回不去了。”

爱情中最难过的莫过于，当你们两个同时落水之后，你溺水了，在水中拼命地挣扎，可他却已经游上岸，走远了。

03

云云到了北京之后，给我发来一条微信：或许我忘不了他，是因为遗憾吧。遗憾没有展现出最好的自己，遗憾没有珍惜跟他在一起的每一天，遗憾自己为什么对着喜欢的人那么任性。

也许，遗憾的存在是为了避免以后同样的错误再次出现；也许，遗憾的存在是为了让你开始懂得考虑对方的感受吧。

在这个快节奏的时代里，似乎很少有人会提及“珍惜”这两个字。**或许我们只是热衷于追求，但得到之后就把他搁置在一边**。别等到他说“我要走了”的时候，才发现你失去的是这辈子最该珍惜的人。

别明知他是“渣男”，却还幻想成为他的例外

01

果果点了根烟问我，你觉得人在什么时候最自作多情？我回答她：“在爱一个人的时候。”她点了点头。

果果跟阿木是在酒吧里认识的。那天广州刚好有她喜欢的乐队来开巡演，她跟朋友就买了现场票。看完演唱会的两个人特别兴奋，就随便在附近找了家酒吧聊天。果果的朋友恰巧遇到了相熟的朋友，阿木就是其中之一。

在人群里，果果一眼就看到了阿木，就爱上了他。一直以来，果果都不相信一见钟情，但往往那些并不相信的事情，却总是轻而易举地发生。而阿木对她好像也表现出一副很有好感的样子，一直坐在她身边，

东扯西扯说了一大堆。果果被灌酒的时候，阿木二话不说地替她喝了。在散场的时候，阿木叫了代驾送她回家。

没有拥抱，没有牵手，没有接吻，没有一夜情。但往往这样的前奏，更意味着有人动了心。

02

果果打听了许多阿木的过去，知道他谈过很多女朋友，也跟许多女人玩着不用负责任的暧昧游戏。

这个人对于果果而言，不过是情场上逢场作戏中的一位，果果本想敬而远之。直到有一天，阿木向她表白。

阿木：“做我女朋友好吗？”

果果：“你曾经写过的歌词里，不是说过还没玩够吗？”

阿木：“但我也在你写过的文章里看过，你想追求安稳，所以我想为你改变。”

怕的不是甜到腻的情话，而是这一切都来得这么真实，好像是在了解过你的前半生后量身定制的甜言蜜语。后来，果果发现自己无可自拔地爱上了他。果果白天窝在家里写故事，晚上跟着阿木到不同的酒吧和夜店驻唱。那些无忧无虑的日子看起来总是带着一丝童话色彩，但童话往往都是假的。

03

一开始，她不相信身边的流言蜚语，阿木的负面消息可以被他一句不经意的甜言蜜语就全部抹掉，她一直以为自己就是他的例外。

你说过想为我改变，是想跟我有未来吧？

你这么了解我的过去，是因为很喜欢我对吧？

你说过我跟你以前的女友不同，是因为我在你心里是最特别的存在吧？

你说过……

但在夜场能够被丘比特之箭射中的概率，真的比买六合彩中奖还低。“谁先认真谁就输了”的游戏每天都在上演。遗憾的是，淘汰的总是那些用情至深的傻瓜，留下的总是那些戴着面具忘了自己真实模样的玩家。

04

直到后来，阿木回家的次数越来越少，也甚少带果果出席自己的朋友聚会。果果的故事越写越伤感，她不断地听人说阿木身边围绕着其他女人的事情，两个人也经常为此吵闹，每次都以阿木摔门离开而结束。果果总是自欺欺人，以为他最后还是知道回家的。

其实，陷入爱情里的女人虽然笨得很，但那不过是表面的假象而已，一个男人爱不爱自己，她们一眼就能分辨出来。

后来，阿木玩得越来越过分，甚至带不同的女人回家。果果在门外听到房间里放荡的声音，她那颗悬在嗓子眼的心，一下子掉进了万丈深渊。她打开房门，默默地收拾起自己三两件衣服便离开了，关门声很小。至今果果都不确定阿木究竟知不知道自己回去过，因为在那晚之后，果果就删掉了他的联系方式，而他也没有找过她。

爱情或许就是这样，即使全世界都在劝你放弃，你还是期待有人能够轻声地在你耳边说一句："那些女人只属于过去，你会成为他的例外的。"对吧？

但故事的最后，往往都是你说你好累，好像我们这段感情都是累赘。其实也不怪你，要怪，也只怪自己总幻想自己是例外。

我们要学习的，是怎样结束

01

当我终于拿到《志明救春娇》的电影资源时，别提多开心。

记得在得知《志明救春娇》要上映的时候，我答应过自己一定要买几瓶啤酒，买一张放映厅最中间位置的电影票，一个人好好将电影看一遍，可因为临时要出国，完美地错过了上映的所有时间段。

我心里还是很遗憾的，但最遗憾的，是电影里面的余春娇终于等来了那个成熟的志明，可我们的现实生活中，“张志明”仍旧是爱了一个又一个。

在前两部电影中，张志明贴着“渣男”的标签，他不成熟、自私、花心、贪玩，还喜欢逃避。在跟春娇一番浓情蜜意之后，便跑去北京，并立刻爱上了空姐。在激情过后，他又开始怀念春娇的好，然后精彩地上演了一场浪子回头金不换的戏码。

但在第三部中，我看到了张志明的成熟，他开始变得专一，变得负责任。被女生撩的时候他没有回撩；跟岳父去风月场所后知道早早回家；朋友想跟他借精生子时，他当面跟朋友说得一清二楚；遇上地震发生的时候，他一直照顾着春娇。

相反，电影里的春娇反而显得幼稚，可能是年龄的缘故，她害怕一切不安全因素，最害怕张志明重蹈覆辙。好在最后，是一个完满的结局。

志明向春娇求婚，她答应了。有人说，这样的结局不过是满足观众对爱情的期待；有人说，人的本性难移，在现实中，张志明不可能会改变。

但怎么说呢，《志明救春娇》虽然没有前两部好看，但看的时候我还是流下了眼泪。并不是有多感动，而是羡慕春娇，羡慕她终于得到了她想要的安全感。

02

我想，很多人对这三部曲都有无法磨灭的情怀，有人是春娇，有人是志明。或许，每一个喜欢这三部曲的人，生命中都曾出现过一个志明，都曾有过类似的感情经历：对我来说，遇见你之后，我不想再流浪了；可对你来说，我只不过是你旅程中的一站停靠。

03

这样的故事，我也经历过。朋友问我，这么久了还放不下，你到底有多爱他？这个问题我不知道如何回答，我明知道回忆这个东西，消费一次就少一次，可是我的每一次怀念都是小心翼翼的，都是舍不得的。因为怕忘了你，就只能在回忆中死死地拴住那些爱你的感觉。

后来，你的模样在我脑海中变成了粗粝的影像，我开始学着收敛和保留，我开始尝试习惯一个人的生活，懂得享受清晨明媚的阳光，学会观察繁华路口每个人的表情，有空的时候就多赚点钱，每次出门的时候给手机充满电——安全感是需要自给自足的。

我甚至以为，我可能真的忘了。直到那些深夜，你在梦中又出现了。

梦里只记得你对我说了一句话，回来了就好。

然后我笑了。

我说，我何时曾离开过你。然后，梦醒了。

分手后，
让他从你的全世界消失

很多年过去了，我原以为当初相爱的感觉会随着时间的推移而淡忘，谁知你的再次出现，让那些记忆如同潮水一般，席卷着旧时光奔涌而来。

01

我和凌希分开已有两年多，分手的原因很狼狈。

在一次聚会中偶然见到他的兄弟小四，让我再次得知了他的消息。

饭后，小四叫我到楼下的清吧喝一杯。两个人起初很尴尬，但酒精总能拉近人与人之间的距离，我俩很快没那么生分了。他问起我的近况，我也了解到他这几年来的变化。后来是小四主动提起凌希，他说："凌希一直都没有忘记你，他始终在等你。"

我摸了摸手中那杯还冒火的酒，心中有一丝凌乱。他接着说，“你还记得你跟他打过的赌吗？你说等你27岁的时候，如果你未嫁，他未娶，那么你便答应他的求婚。他一直将这个约定记在心里，这两年来，他一直都是一个人。”

再次听小四说起往事，我想起了初遇凌希时的情形。那是在学校的楼梯口，他急着下楼，无意中把我撞倒了。之后他赶快将我扶起，一连说了很多次对不起。

就像很多电影中的情节那样，我抬起头的瞬间，就爱上了他，但还是表面平静地回答：“没关系。”第二次见面，同样是在楼梯口，凌希陪着小四一起下楼，那次他向我要了电话号码。

02

往后的日子，我们见面的次数越来越多。后来他向我表白，但被我拒绝了，当时我害怕受伤。

凌希一直都对我很好，在我第三次拒绝他的时候，他情绪非常低落，不再像之前誓旦旦地说“我会继续等你”，凌希当时沉默了一下，便转身离开。

他走后，我发了条信息给他：“我们打个赌好吗？如果到了27岁的时候，你没有结婚，我也没有嫁出去，那么你向我求婚吧，我一定会答应你的。”

“一言为定。”在信息发出三个小时后，我收到了凌希的回复。

不过后来，我们还是在一起了。如今只要想起他，就会想起当时的画面：每天上完课，他都会骑着他那辆破烂的自行车来教学楼下等我，我们一起到饭堂吃饭，然后散步，彼此什么都聊。有时候我们约上小四跟他女友，一起撸串、喝酒，或者到KTV唱歌到天亮。

那是一段没有欲望浸淫、没有生活拉扯、没有名利牵绊的青春。

03

坐在清吧里，小四继续对我说：“每次凌希喝到很醉的时候，都会不停叫你的名字，拨你那个早已停机的号码。有时候我实在看不下去，便拿走他的手机，跟他说你们已经分开很久了。他就拉着我的手，将你跟他约定的誓言一遍又一遍说给我听。后来，朋友们介绍了一个又一个女生给他，可他连她们微信也不加。想不到他平时傻乎乎的，居然深情得如此可怕。”

其实，我又何尝不想脱去白日里的矜持？毕竟，我们都是一直住在彼此心里的那个人。

送我回家的路上，小四在我手机上输入了凌希的电话号码，让我一定要联系他。

04

有关他的一切，我始终放在内心深处，更何况这个早已背得滚瓜烂熟的号码。

这几年来，我无数次想拨通这个号码，但现在的我，还没准备好见这个属于回忆里的人。毕竟，这几年我们都没有在对方的生活里出现过，说不定会有许多让对方无法接受的变化。也许他爱的是曾经的我，我怀念的是当初的他。

这世上，有许多人陷进情爱的困境里，原因是心里还住着一个人，想等一等，似乎再多等一些时日，她就可能有勇气出现在你面前，说出那句久违的“我爱你”。

听说你始终一个人。我何尝又不是孤身一人，怀念着曾经的爱人。

会痛的，不是爱

01

我很久没逛街了，每天起床就是写稿，睡觉前还是写稿。

对此，阿明看不下去了，便拉着随便绑了个马尾的我出去逛街。我们喝了喜茶的芝芝莓果，吃了海底捞，但不知道为什么，我还是开心不起来，感觉自己越来越像一个工作的机器。吃完饭之后，我就陪着阿明逛街，但不由自主地跟着他选起了男装。

如果不是阿明的那句“你选男装干什么”，我还没回过神来。曾经跟他在一起的时候，我总爱给他买衣服。他身材很好，随便选一件就非常好看。他总是跟我说，别再给他买衣服了。我说不，我要一直给你买，你也只能穿我买的衣服。

我忽然觉得当初这么少女心的自己真可爱。那时候还没毕业，实习工资一天只有30元，但我还是想买很多东西送给他。只要见到适合他的东西我都记录在手机的便签，等存够了钱，就买一件。可是啊，那个便签现在还在我手机里，但里面的东西，再也没有机会买了。

02

逛完街，在开车送阿明回家的路上，我将音乐调得很大声，又没有骨气地想起了很多往事。记得那时候我最喜欢坐在副驾上看你，因为你的侧脸很好看，看多久都不会腻。记得前段时间去旅游的时候，每到一处风景很美的地方，我也总想起你。如果你在身边多好啊，吃饭时你一定会帮我切牛排、剥虾；空调很冷的时候，你一定会给我好盖被子……

曾经我什么都学不会，因为知道有你在，我也不需要学会。难过的时候可以不顾一切地哭个够，你安慰我的时候又让我觉得世界有万般好。真羡慕那时的自己，单纯又快乐。

在你离开以后，我渐渐变得什么都会了，甚至也学会了伪装，学会了笑着离别，笑着说再见，笑着把眼泪憋回心里，学会了成全别人，委屈自己。

偶尔，我还会揭开伤疤，笑着告诉别人自己以前的种种经历。似乎你离开之后，我学会了很多很多东西。朋友说，这也算是一种坚强吧，也有人问我，如果让你回到过去，你会回去吗？

我摇了摇头，别，太苦了。

03

我听过很多道理，后来也悟出了很多道理，以为能够让自己解脱，谁知道还是没有走出来。或许，我就想跟这些回忆，相互折磨吧。

我也知道，回忆被消费一次，就会淡忘一次，但又有什么关系呢，我只想再爱你一遍，一个人，好好再爱一遍。

勉强在一起，
不如优雅地单身

01

或许你也曾偷偷地爱过一个人，你会留意他的一切，他嘴角微笑的弧度，他说话的语气，他的面容……

终于有一天，你鼓起勇气向他表白，然而，他却委婉地拒绝了你。他说，现在还不想谈恋爱呢，我们还是做朋友比较合适。这句话犹如一颗被瞬间引爆的定时炸弹，霎时让你的世界天崩地裂。你强颜欢笑，泪水却在眼中不停地打转。你慌忙跟他说了句没关系，便立刻转身逃也似的离开了。

02

那注定是个无眠夜，你跟自己说了许多狠话，在心里暗暗地骂了他无数遍。你告诫自己，过了今晚之后，便不再喜欢他。

可是，当你再次看到他那温暖的笑容，听到他说一句好话，即使在心里早已劝说自己放弃他一千次，但此时此刻却依旧愿意为他奋不顾身。于是你又悄悄地拨动心弦，继续弹奏那首爱他的曲子。

你渴望他像一把火温暖你，所以不介意他会烧毁你；

你渴望他像一场雨滋润你，所以不介意他会淋湿你。

又或许你是能够忘了他的吧，只不过每次想起那些零碎的关于他的想象，所有激动、欣喜若狂的感觉就像在游乐场玩滑梯一样再次滑向你。

原来你还是喜欢他，不讲道理，不求结果。

03

后来，你听说他有了女朋友，他们手牵着手进电影院，去浪漫的餐厅，漫步于惬意的街道……那些你曾经幻想着跟他一起做的事情，他通通都做了，只可惜，对象不是你。你幻想中的盖世英雄，最终驾着七彩祥云飞去迎接了其他女人。

你多想成为那个他想放也放不下、又小心翼翼守护着的人。

他不爱你，他爱着其他人，这看似已经是定局，可你却依旧如此痴缠地念念不忘，还是很喜欢他，还是非他不可，还是一往情深。

怪谁呢？谁都不怪。爱情没有错，爱他也没有错。

一如某个作家说的："你就像小溪里的石头，而我是溪流，我能抚摸你的脸颊，哪怕在那个瞬间过后，我就要坠入万丈深渊，可是我愿意。"

04

道理说了无数遍，可爱情这东西从来都不讲道理，哪怕你知道他不可能会跟你在一起，知道他说的不想谈恋爱只不过是个借口，你还是愿意飞蛾扑火。

或许有时候爱情就是这样，你想去找他说分手，可你却在找他的路上不停地采购他喜欢的东西，买他爱喝的咖啡、爱吃的糕点，忘了你一开始是要来谈分手的。如此又何妨，有一个人能去爱，多珍贵，反正还有一生可以浪费。

也或许某天你会将他忘了，然后爱上其他人，但至少在这一秒里，你依旧还爱着他。

不问是否可以拥有，也不问地久天长。

嗯，那就这样吧。

爱与不爱，都要成长

01

你知道吗？每天见你之前，我总花上大半天的时间化妆，挑选你喜欢的衣服搭配；每次回复你微信之前，总是思前想后地琢磨一番；那些跟你道晚安后的深夜，思念总是汹涌而至。你笑我的黑眼圈比熊猫的还黑，其实，那都是我爱你的痕迹啊。

欧文是六六喜欢上的第一个男生。六六喜欢他灿烂的笑容，喜欢他那饶有风趣的谈笑风生，喜欢在人群中他格外出众的外表。当时流行写博客，六六每天都要点开几次他博客链接看是否有更新；每当迫不及待地想知道他近况的时候，便将他的来访好友通通看一遍，尝试去寻觅有关他的痕迹。

六六看到他被偷拍的侧脸会默默地保存下来；哪怕看到别人对他有

一丁点的描述都会不自觉地傻笑；知道他喜欢周杰伦，六六就把周杰伦的歌通通听了一遍，单曲循环到连歌词都烂熟于心。

他的一点一滴，六六都偷偷地去模仿，似乎这样，自己就能靠近他一些。如同《春娇与志明》里那句台词说的："我努力地想摆脱张志明，却没想到变成了另一个张志明。"可是，爱一个人不就是这样的吗？你偷偷地留意着他的一切细节，一切生活中的小习惯，不管好的坏的，你都恨不得将它们全部拥入怀内，这又何尝不是另一种深爱？

02

后来，在一次"巧合"下，六六认识了欧文。如六六所愿，在两个月之后，他们真的谈起了恋爱。欧文还曾问过六六，为什么看到你总有一种似曾相似的感觉？为什么我们的爱好和想法总是如此相近？

六六只是对他笑了笑，抱着他胳膊的手搂得更紧了，边傻笑边想：当然啊，在那些喜欢你的日子里，在那些你看不到我的时光里，我拼命地活成你的样子，我拼命地去偷偷爱着你。

关于他的一切，六六都默默地收集着，喜欢着。

后来，因为异地，他们终究还是分开了。虽然深爱了这么久的人无法与自己共度余生，虽然曾经为自己遮风挡雨的那个人终究要去为其他女生披荆斩棘，但爱过就好，不是吗？

也许，这样小心翼翼地喜欢，可能到头来只是一场自作多情的梦，而梦终将会醒，只留下两眼泪光的自己。但人生中这样的心动少之又少，如果有幸能够遇上，请你一定要紧紧地抓住。

03

有人说，爱情最好的模样可能是当我想有个家的时候，你能单膝跪地向我求婚；也可能是无论人生处于低谷还是高峰，都有你在身边；也有人会说，最好的爱情，是在你面前时，我能做一个无忧无虑的小孩。

而对于我来说，**爱情最好的模样，是你发现面前那位深爱你的人，远比你想象中更爱你。**

昨晚，我因为通宵赶稿子，在3点多的时候看到阿灿发了条很惆怅的朋友圈。我问他是不是又失眠了。他回复一个字：嗯。

阿灿的失眠症，是从跟女友相恋之后开始的。女友家庭条件很好，为了配得上女友并让她过上更好的生活，他经常节衣缩食。喜欢了很久的球鞋不舍得买，爱好的摄影也暂时放下。为了多赚钱，只要有项目他就接，经常凌晨三四点才休息。因为熬夜，气色也变得越来越差了。

真正在意的东西是能用行动来证明的，阿灿对女友的爱便是如此。

有人说，爱是愿意花时间给你很多陪伴，花很多钱去买你想要的东西，花很多心思在你身上给你制造惊喜。可是在我看来，**爱就是在你身后默默为你做的一切，不为感动你，只是想给你一个更好的未来。**

我想，这就是爱情里，最动人的一种私心吧。

分手，要体面

昨晚跟七七逛街的时候，我看到一对情侣手表很好看，便跟七七说："这手表好看，你男朋友不是快过生日了吗？可以买来当生日礼物呀。"

"我们分手了。"七七黯然失色地回答，怪不得一路上她毫无逛街时该有的兴奋。

"发生什么事啦？"我有点疑惑，他们俩一向都是甜到腻的情侣。

"我每次找他，他都说要工作，没时间跟我聊天。经常这样我就生气了，压抑不住自己的情绪，那天就跟他说分手。本以为他会像以前一样哄我，但这次没有。他已经很久没有找我了，你说他是不是很过分？他是不是已经不爱我了？"七七急得连眼泪都掉了下来。

虽然我知道导致这场分手的原因是七七的"作"，然而，七七的男友作为一个男人，如果连分手都不敢当面来说的话，无疑是加深了对七七的伤害。更何况，很多分手也只不过是因为一时的冲动，或许见面了，便能和好如初。

01

异地恋的情侣，永远别隔着屏幕说分手。

男友在身边的时候，一些争吵之后的愤懑可以用一个亲吻或者一个拥抱来解决。可是，一旦两人异地，所有的情绪就只能靠沟通来解决，一旦沟通出现问题，那么离分手就真的不远了。

对于异地的情侣来说，手机就是这场爱情的战场。我们隔着手机屏幕，说过很多句“我爱你”“我想你”“亲爱的你在干吗？”……但同时也会隔着手机屏幕，对最亲近的人说各式各样狠心的话：“滚”“我不再爱你了”“这样的你很烦”“分手吧”……而手机另一端的人也同样怒火中烧，回应你一句“好”。

当我们把“分手”这两个字发给对方的时候，既感受不到对方的心痛，也看不到他因难过而流下的泪水，更不知道对方是否有无数句欲言又止的话。殊不知，爱情里最大的遗憾，便是两个人在有矛盾的时候没有把各种小问题解释清楚，而是由着这些小问题从量变积累到质变，最后在一句“分手”之后，一拍两散，各奔天涯。

02

分手不要说，有气见面吵。

除了异地的情侣，即使是在身边的恋人，也不应该经常用分手来试探自己在对方心目中的地位。正如人性禁不起考验一样，爱情也是如此。你每一次说分手，就在对方心里减一分，当爱情被一次又一次的“分手”给消耗之后，感情也就走到了尽头。无论是大事还是小事，如果两个人意见不合就约个地方见面，一次性把话说清楚，别总是通过手机互相争吵。毕竟，短信里听不到语气，电话里看不到表情。

郑伟跟前任在一起的时候，就无数次的被“分手”折磨。每次吵架，女友不管他工作一天后有多累，必须要在电话里对他大呼小叫让他道歉，不然就分手。

郑伟回忆道，那段时间过得很糟糕，以至于每次女友打来电话的时候，心里都很害怕，害怕女友又要分手，害怕女友在电话里跟他吵架。

然而，分手说多了，就会失去原本的作用。用郑伟的话来说：“一开始我的确很难过很心疼，但分手说多了，吵架吵多了，便会麻木。像你第一次摔跟头觉得很痛，但再多摔几次，疼痛感就没那么强烈了，你唯一的想法就是爬起来，逃离这个让你摔跟头的地方。”

直到最后一次吵完架，女友一如既往地给郑伟发去了分手信息。郑伟的心跌到了谷底，即使很难过，也坚决地在手机屏幕这端，给对方发了一句：“好，祝你幸福。”

其实爱情像玻璃瓶一样脆弱，会在一次又一次隔着手机的争吵和分手中，灰飞烟灭。

03

如果真的不爱了，就当面说分手。

然而，并非所有的分手都是试探，有人的确是因为不爱了才会提分手。

那么，既然在感情开始的时候我们都是认真的，那当感情真的无法再继续下去的时候，能不能也认真地结束？

像第一次约会般，选一个大家都喜欢的餐厅吃一顿饭，或者再看最后一场电影，谈一次心，在离别的坦诚中，给那段刻骨铭心的爱情划上一个完整的句号。

要记得，不管对方做过多少对不起你的事，也别隔着屏幕说分手。如果还爱着，或许见面过后的一个拥抱就能解决所有的问题；如果不爱了，也请当面说分手，这是对一段感情最起码的尊重。

有尊严地单身，有尊严地爱

01

有时候我就在想，喝酒究竟喝多少才算适度，这个度真的很难把握。

喝得多点吧，第二天不仅头痛也丢了心情；喝得少点吧，又觉得酒不够，故事讲不完。

回忆起那些一个人喝醉的深夜，往往都是因为我贪杯，说了只能喝四分之一，却咕咚咕咚地喝了半瓶。然后想，既然都喝了半瓶，那就全喝了吧。

酒一杯接一杯地倒，电影一部又一部地看，不知不觉就到了凌晨3点半。于是，我关了电脑，关了灯，却又不自觉地想起你，想起那些甜蜜的和难过的回忆。

这样堕落奢靡的夜晚，反复循环。**如同喝酒把握不好度一样，我也**

从来都无法把握好爱你的分寸。明知道爱一个人不能超过七分，可我依然无法抑制住内心的感情；即使我从未曾感受过你绕指柔的膏泽，只领教过你执着旁人的薄情，可我依旧心甘情愿，哪怕最终输得一败涂地。

我总是这样，累的时候想家，孤单的时候想你。

昨天的台风没日没夜地吹，不知道为什么，这样的天气总是让我如此着迷，风吹得越大心里反而越是充满安全感。放空了一天，什么稿子都不想写，什么电影都不想看。翻开两年前的日记，回忆又重现在脑海中，所有的感觉通通指向你——

现在的你过得还好吗？

烟还抽得跟以前一样多吗？

应该快跟那个她结婚了吧？

工作还顺利吗？

……

你，会想起我吗？

02

窗外风吹得有多猛烈，我的内心就有多痛。

如果那些忘不掉的人和回忆，都能通通被风吹走该多好。

其实，我们分开很久了，久到我不知道你的近况，甚至忘了你的容貌。曾经的记忆都随时光淡化了许多，只是记得有那么一个人在，天长日久后就成了心里的朱砂痣。你对我的那些好和那些伤害，还有那些我们分开的遗憾，我都咽了下去，说不出来。

嗯，我跟回忆相互厮杀了这么些年，最后，它对我说，不如我们握手言和吧。

放不下前任的人，不可能获得快乐

01

你第一次喝酒是为什么？

是因为第一次失恋？第一次感受到生活的压力？第一次和他吵架？还是只不过想试一下酒精带来的感觉？

我无法断定酒精是真的能为生活解压，还是只是为放纵找一个借口。然而对于酒精带来的好处来说，就是可以在沉浸醉意的那一小段时间里，我可以选择逃避那些我无法做出的选择。即使只有一秒，也是值得的。

可我从未忘记，酒醒过后，我还是需要以更强的姿态，面对我所不能适应的生活、失意或难过。

02

我记得我第一次喝酒，是在高三的时候。那时候我害怕考不上本科，心情阴晴不定，就想试一下大人们口中所说的“酒能解千愁”，便偷偷从家里拿一瓶红酒回到宿舍，拉着室友一起，她一口，我一口。

苦涩的红酒刺激了神经，我们相视一笑。虽然难喝，但在酒精短暂的麻痹下，我们放松了些许。

往后在每一晚睡觉前，我们都习惯喝一口红酒再睡，我还要偷偷地多喝一口。那时候的我们多可爱，一口酒就能让我们如此满足。

03

后来我上了大学，以为到了新的地方，可以将过去那些令自己难过的人、遗憾的事和纠结的心情丢下，谁知只不过是换一个地方难过。

只要有人的地方，就有复杂的情感。生活从来就没有绝对的幸福和安逸，只是在起起落落之间颠簸，在欢笑难过间交替而已。

那段时间我特别喜欢夜间活动，喝酒撸串、打麻将、去酒吧、通宵在KTV唱歌，觉得疯狂和堕落才是青春的代名词。

那时候我遇到了第一个让我萌生结婚念头的人。他对我很好，那时候的我，并不知道“中央空调”这个称呼，以为他只是一部普通的“暖气”，而且只是暖我一人而已。

可接下去，劈腿、背叛、欺骗……一个接一个的伤害让我喝的酒更多了。原本人来疯的我，忽然变得安静起来。我不再喜欢热闹的地方，不喜欢去酒吧，不喜欢人来人往。我中断了和很多人的联系，剩下的都是能够交心的朋友。

四年的大学时光过得很快。我虽优柔寡断，又伤春悲秋，但骨子里从不认输。不想拥有失败的人生，于是我将注意力从情情爱爱，转移到工作上。

可是啊，人生就是启程、到达、再出发，如此循环而已。无论是一份工作，还是一段感情。

你要练就的，是一颗能应对一切变故的强大的心。

04

在决心戒酒的时候，我遇上了一个所谓的最爱的人，虽然之后又失去了他。人生中，总有那么一个人的出现，使周围的一切都显得暗淡无光。有时候，坐在他的车上，我希望车一直开，希望离家还有很远很远；有时候，躺在他身边就希望天永远不会亮；有时候，在四目相对时，希望他的眼里永远也只有我。有他的日子里，无论贫穷富贵，无论快乐难过，一切都显得那么完美。

后来，我又花了很长很长的时间去忘记他。第一次喝酒断片是因为他，第一次在失恋里颓废得无法自拔也是因为他。也是在那个时候，我练就了一身晚上大醉第二天还能按时上班的本领。

其实，**哪有谁真的戒不了酒，戒不掉的，不过是一个又一个来了又走的人罢了。**

05

你会喝酒吗？

你心里有一个忘不了的人吗？

你有一段想继续，却早已失去的感情吗？

我还有酒，不够再买。但酒喝完了，新生活是不是可以开始了？

想要“被爱”，提高姿态

菲菲在半夜3点的时候发了条朋友圈说：“我在漫无边际的冷风里，一边恨你一边等你。”不到两分钟，小白便回复她说：“你傻啊！再等就冻死你了。”

感情这事总是这样，有一群置身事外的看客，还有一个忍着痛又无法抽身的当事人。

01

菲菲做了个决定，她要彻底离开阿俊，那个曾经光想想就能让她流下眼泪的人。

两个月前，菲菲的前任阿俊又重新联系上她，这已经是他们纠缠的第三个年头了。每次他回来，只要表现出一点脆弱，表现出一点对菲菲的关心，她就忍不住对他敞开怀抱。就这样，阿俊离开，回来，再离开……菲菲一边恨他又一边等着他，很想放弃，又下不了决心。

像《春光乍泄》里面的梁耀辉那样，只要何宝荣一句“不如我们从头来过”，梁耀辉就会给他敞开那个怀抱。但事不过三，最后梁耀辉还是离开了何宝荣。

小白早已骂了菲菲多次，作为闺蜜的她已经将最狠的话都摆上桌面——再爱一个人也不要这么贱，每次对方在外面玩腻了回来你就原谅他，你对自己都这么没原则，你在对方心里又能有多重要？

道理谁不知道呢？在每个独自难眠的深夜，菲菲无数次下定决心要离开，但又怎样，你爱的人即使朝你开枪，你也会认为那只是枪走火了而已。

一段感情没让人死心的时候，总会给人虚无的希望。你以为只要抓住了希望的尾巴，就能够得到那份期待已久的爱。

这样想好像很傻，但她愿意。

02

一直以来，菲菲都以为阿俊不过是贪玩，安慰自己浪子总有想要安稳的那天。记得上一次阿俊离开菲菲的理由，是他爱上了在酒吧认识的姑娘。酒场无真情，激情过后受了伤之后的他，又会想起菲菲。

也许在阿俊的内心最深处，他一直都觉得无论在外面受过多少伤，菲菲永远都是那个为他点亮一盏灯的家人。但灯会灭，家会散，那些所有以为的离不开，其实是离得开的。

这次阿俊又回来了，但菲菲的身边已经有了一个真的懂得珍惜她的男人。在没有阿俊的日子里，陪在菲菲身边的人都是他。他知道菲菲喜欢吃牛杂，就逛遍了整个城市找最好吃的牛杂店；他知道菲菲心情不好的时候，爱一个人跑去河边喝酒，不爱喝酒的他也愿意陪着她喝，虽然每次回到家自己都吐得不行。

几年来，菲菲第一次感受到，原来被爱的感觉是这么轻松又幸福，不用动不动就要担心对方不爱自己，没有猜疑也没有担心。

有句话说，女人是没有爱情的，谁对她好她就跟着谁走。其实可以解释为，因为对方对她的好而爱上他，也是爱情的一种啊。菲菲一开始不知道该怎样做决定，在感情上她当然是爱着阿俊的，但理性又让她去选择那个男人。

那晚，菲菲拉着小白一起出来喝酒，她喜欢喝酒是因为在酒精的世界里，她能够看清楚自己的内心。酒过三巡，菲菲想，既然有人愿意将她从痛苦中解救出来，为什么不把握这个机会呢？时间和新欢或许真的能让自己忘了曾经的感情。

她想试一试。

03

《春光乍泄》还有句台词说：“每次你说来便来，说走就走，我没吭一句，但这是最后一次了。为什么我就注定要伤心？你可以说走就走，我也可以呀，我舍不得罢了。”

后来，菲菲关上了为阿俊开的那扇门。即使再痛，她也毅然决然地选择离开。

有时候在深夜里菲菲会想，如果时光能够回到跟阿俊刚相识那天多好，那时与你相见，还相信会有永远，你我眼里只有爱，不像今天，总带点恨意。

但事已至此，只能说爱过就好，我就陪你到这里了。

第四章

一切都会越来越好的

用时间证明过的感情，终将换来岁月静好的感动，也有无怨无悔的陪伴。

最终我们都会明白，轰轰烈烈不过是昙花一现，细水长流才是最好的爱。

不将就的姑娘，才能活得漂亮

01

兔子一个人看完电影从商场出来时，漆黑的天空下着毛毛细雨，四周还夹杂着刺骨的寒风。身边的情侣十指紧扣，高大的男孩都将身边那个小女生紧抱在怀内取暖，似曾相识的情景刺痛了兔子那颗早已伤痕累累的心。兔子跟阿辉相恋的时候也是这样。他经常接她下班，然后一起吃饭、看电影。他总爱牵着她的手，在她抬起头跟他说话时偷偷亲一下她的额头，可如今早已物是人非。兔子加快了回家的脚步，不知道是雨水还是泪水打湿了脸。

“阿辉，我们分手吧。”几天前，兔子将这条微信发给了与她相恋两年的男友阿辉。意料之中的是，他爽快地答应了她的分手请求。有朋友曾经问过兔子，在一段感情中最难受的事是什么？兔子想，**没什么比**

对方用冷暴力逼着你说分手更绝情的事了。

你总是对我说忙，发出的微信半天也等不到你的回复，打给你的电话总是在通话中，从曾经三两天见一次面，到如今一个月也无法约到你一次……究竟是因为你真的很忙，还是已经不再爱我？

我不想再胡思乱想了，不想经常在难过后哭着喊你的名字却得不到任何回应，不想整日整夜地痛苦到失眠，不想在你三两句冷淡的言语中去寻找那些还爱着我的痕迹。

02

说分手的那天晚上，兔子不断地单曲循环钟镇涛那首《让一切随风》："迷迷惘惘，聚满心中，追踪一片冷的风。"她躺在床上，听着应景的歌词，不断地回忆他们在一起的场景：从他红着脸走过来问兔子微信时的害羞，到后来热恋期天天腻在一起的甜蜜，再到最后分开的场景……

在这个下着雨的晚上，兔子听着歌，笑了哭，哭了又笑，觉得这一切像是一场梦。他在她心中踩下了无数脚印后，走得云淡风轻，背影坚决，都不回头看一眼。兔子有时候甚至妒忌阿辉能做到这样迷人又薄情。

"你似北风，吹走我梦，就让一切随风。"听到这句歌词时，她心里好像放下一副重担般。对啊，终究还是累了，让一切随风吧，毕竟就算留得住他的人，也无法留住他的心。

03

《前度》里有句台词是这样说的："想起那个为我缝扣子、掖被角的男生，还有在我迷迷糊糊、半睡半醒的早上，他在我额头上的那一吻……只是，我还是选择了离开……几年后，他娶了别的女人。其实，我很感谢做他新娘的那个女人，毕竟我没有那样的勇气。希望，他们能够幸福，一定要幸福。"

虽然给你幸福的那个人不是我，但我依旧祝愿你在来日方长的岁月里，笑容总比泪水多。

其实，谁都会有痛彻心扉的故事，谁都有过脆弱的瞬间，谁都曾在深夜里默默流泪过。可时间证明了，在你经历了这些难过之后，终究会让那颗柔软的心变得强大起来。

愿你拥有的都是从一而终的爱情，择一城，携一人，甜蜜地度过余生。

如果放不下前任，请放过现任

01

不知道为什么，人总会偶尔多愁善感，时而怀念过去，时而想念那些早已远去的人，时而想起经历过的欢笑或者泪水。

特别是在翻着那些旧照片、读书时的小纸条、旧恋人送的各种小礼物的时候，看着它们，有时候笑着笑着就哭了，有时候哭着哭着就笑了，觉得自己像个傻瓜一样。

耳机不小心转到了那首歌，你按下了单曲循环；开车时经过了那个充满回忆的地方，你加快了油门；刷微博刷出了一条伤感的情话，脑海中又想起了他；路过那家曾经去过的餐厅，你拐个弯宁愿吃别家。

你的回忆轻轻地被风吹起，却又沉重到足以让你泪流满面。你讨厌这么多愁善感的自己，但又忍不住沉溺于过去的那些青春和美好。

即使回忆是难堪的，但经过岁月的打磨之后，总会带上一层神秘的面纱，如同一瓶尘封许久的醇酒，别具一番风味，那醇香能陪你度过每一个漆黑的深夜。

02

毕业前若曦跟我说，距离毕业就只有两三个月了，她打算提早结束实习，她想回学校再多过几个月学生的生活，她不想这么快就毕业。每次想起大学里的人和发生过的事，若曦都不敢再回忆下去，她觉得不会再有比大学更值得留恋的地方了。

我理解若曦的想法，在我毕业那年，我也一样害怕社会可能带给我种种折磨，也担心不能再过像大学那样自由自在的生活了。

然而最怀念的还是某个人，还有那个为爱奋不顾身的自己，但时间从来就不会因为你对一个人的留恋而停止。

我还是毕业了，生活的压力不断地推着我往前走，有时候连怀念都成了奢侈。

我喝了很多酒，走了很多路，我以为我能够忘了，但那些标有美好印记的回忆依旧根深蒂固。

03

在大学毕业之后，我认识了后来的男友。像所有爱情开始那般，我们度过了一段甜蜜的时光。我们喝完酒跟对方发誓一辈子只爱彼此，牵着手走在大街上好像在对全世界宣布我们的关系。

刚步入社会时的我，对一切都感到特别新鲜。有聊得来的同事，有深爱的恋人，好像每天朝九晚五的小日子也是挺不错的。

直到后来，这些日子和这些人还是离我而去了。我不禁开始怀疑，离别是不是人生的常态?

可如今才明白，这感觉就如同毕业后的那段时间，误以为再也不会再拥有这些难忘的光阴，可后来各种美好的事情依然会出现了，下一秒或许我们又能够再次遇到快乐。

04

有时候不禁会敬畏时间，你永远不知道它会如何改变你。或许上一秒你讨厌吃的食物、不喜欢的人、觉得难看的电影，在下一秒你又通通接受了。

是啊，谁知道呢。生活总是平凡的，其间夹杂着一些昙花一现的绚烂，如此循环。

那些失去的曾经总在提醒着你珍惜当下。所幸，后来遇到的幸福总是调皮地跟你说，你看，一切都是最好的安排。

最舒服的关系，
是不必讨好

热恋时喜欢情浓，不爱了却嫌它累赘。

很残酷，却又很真实。

01

小薰想了很久，终于把那条说分手的微信给阿苏发过去了。不到五分钟，阿苏就回复了她一个字：“好。”

分手能够分得如此干净利落的人，也就只有小薰跟阿苏了。

好像也没什么意外，只是一个绝望了，一个不爱了，也就只能这样了。

终于分开了，小薰想。虽然她很难过，但心头却好像放下了一块大石头。这一整晚，她都无法入眠，她想起了跟阿苏从相识到热恋，再到热恋期过后不冷不热的状态，真的像电影演的一样。每次发给他的微信，回复都不会超过三个字，“嗯”“好”“哦”“知道了”；每次两个人好不容易约好时间见面，但吃饭的时候阿苏却什么都不说，像两个陌生人凑巧在一起吃饭一样；有时候，他们甚至一个月都不见一次面，每次小薰约他，阿苏都说忙……

小薰的所有付出，阿苏好像都视而不见，不知道是真的不知道，还是假装不知道。

天渐渐亮了，小薰也哭累了，她给自己盖上了被子，准备睡一会儿就去上班。

02

离开了阿苏后，在那些一个人的深夜，小薰依旧哭得像个泪人。但生活的魔力也在于，**时间总能见证一些真相，并淡化一些伤害。**

小薰开始参加朋友的各种聚会，用繁忙的工作和频繁的交际取代曾经那些费尽心思爱一个人的荒诞。她渐渐发现原来生活也有各种各样的可能，即使没了阿苏也没什么大不了，反而不用再花心思去猜他爱不爱自己，不需要再想方设法去讨他欢喜。

小薰想，多庆幸后来的我们还是分手了。其实**狠下心去跟那位不爱你的人道别，所有的烦恼就会通通离你而去。**

起码那些单身的日子，比谈一段不愉快的恋爱要好受得多。

03

不舍弃那些难堪的过去，怎么有可能迎接未来？

在分手半年后，小薰遇到了阿明。他是一个不需要她猜测心思的男生，一个愿意用真心去爱小薰的男生，一个能够抚平小薰伤口的男生。

她跟阿明是在一个朋友的生日派对上认识的。在每个人都展示自己绝妙的社交能力时，小薰看到笨手笨脚的阿明坐在角落看着大家玩骰子。不知道哪来的勇气，小薰便走过去跟阿明聊了起来。接下来的时间，她教他玩骰子，他替她喝酒。

小薰从朋友的口中得知，阿明是个很好的男生，不但性格好，对待感情的态度也特别认真，于是她对他更有好感了。阿明经常来小薰公司等她下班，在她痛经的时候为她煮红糖水，当她生病的时候第一时间接她到医院——无论小薰开心还是难过，他都在。

两个月之后，他们便相恋了。

04

对于女生来说，细节永远都是决定爱情的关键。热恋之后对方越说越不耐烦的语气，对方字越回越少的微信，这些都慢慢积累成绝望。当这些绝望超过了他对你的爱，就是时候离开了。

后来，每当有朋友跟小薰谈起阿苏的时候，她发现当初那些让自己食不知味、夜不能寐的痛苦，也是能够笑着说出来的，最终变成茶余饭后的轻松笑谈。

恰如一句话所说："梦碎过便知缠绵悱恻的荒唐，也终于知道没有那么多要去的海角天涯。"

如果你也像小薰般，拥有一段"食之无味，弃之可惜"的恋爱，请你一定要下定决心跟那些消耗你的人告别。

有些分手是可惜，但有些分手却一定是值得庆幸的。

别小看新欢和时间的力量。曾经再深爱的人，也终有一天能够淡忘。

跟他相处这么久了，我有没有变得越来越好？

01

回到家时已经凌晨两点了，这段时间我特别忙，几乎每天都是这个时间回到家。虽然身体很累，但内心却很充实。我喜欢每天忙碌的行程，喜欢每天都做着喜欢的事情。

正当我打开家门的时候，接到了Mona的电话，她说她失恋了，问我能不能来我家喝一杯。虽然已经很累，但知道失恋的人是最需要朋友安慰的，于是我就跟Mona说，来吧。

Mona带了两瓶红酒来到我家，早已喝得烂醉的她哭得妆都花了。我问她发生了什么事情，她说她觉得男友不太爱自己，很没有安全感，便想用分手让对方紧张一下，谁知道对方一下子就答应了，第二天还搬出了他们住的公寓。

Mona分手这件事是在我意料之中的，我已经忘了这是她第几次跟男友分手，反正十个手指都不够数。每次离开一个男人，她就立刻扑进另一个男人的怀抱里。她太缺爱了，所以总想在爱情中寻找自己缺失的那份安全感。

但遗憾的是，大多数爱情都是毫无安全感可言的，所以当一个缺爱的人掉进爱情这个黑洞中，无论你怎么填，它都是空的。

我跟Mona说，你为什么一定要谈恋爱呢？给自己的爱情放个假好吗？**胡思乱想的时候就去找事做，你没有这么脆弱的。你缺的，是跟自己好好相处的日子啊。**

我不知道Mona究竟懂不懂我说的话，不过自那天过后，我好像没有听到她再谈恋爱的消息。取而代之的消息是，Mona周末去学习了，Mona的公司又扩大了规模，Mona去日本旅游了。

所以你看，即使没有爱情，我们不是也能活得很好吗？

02

前段时间，我跟朋友吃饭时被身边的一对情侣虐得不行。那个女孩可能很喜欢吃虾吧，当一盘虾端上桌的时候，男孩就很主动地给女孩剥虾，动作熟练。当女孩吃得嘴角都是汤汁时，男孩就很自然地拿纸巾给女孩擦嘴。

看着这虐狗的一幕，我吵着嚷着对朋友说，好想谈恋爱，好想有个人照顾我啊。朋友瞪了我一眼说，这个月的目标实现了吗？工作完成了吗？快吃完你盘子里的面，我们要回去加班啦。

那时候还觉得朋友特残忍，但如今想了想，其实被工作填满的生活也没什么不好的，有目标，有动力，有好朋友在身边。

03

越长大越发现，如果心情不好睡一觉就会好；身边对自己好的人，要加倍珍惜，半点将就都不行；身边讨厌自己的人，就让他继续讨厌吧，反正我一点也不在乎；如果谁偏要惹我生气，那大家就好好吵个架，大不了不再来往。

其实，我们都没有想象中那么需要爱情，不用卑微讨好，不用死缠烂打，也不用战战兢兢地害怕对方什么时候会离开。

有时候一些朋友也会这样问我，你一个人过得真的好吗？快谈一场恋爱，适合的话就结婚吧。

该怎么回答这个问题呢？说真的，我是个挺随遇而安的人，我可以一个人漫步无数条街道，可以一个人应付生活的些许算计，也可以抵抗命运偶尔的不怀好意。

船到桥头总是自然直，你问我一个人过得好不好，我只想回答你说，很好。**因为爱情从来就不是生命中的必选题，它最多算是一个加分项，有当然最好，但没有也能活得更好。**

像村上春树说的，每个人都有属于自己的一片森林，也许我们从来不曾去过，但它一直都在那里，总会在那里。迷失的人迷失了，相逢的人会再相逢。

相信爱的人，总会遇上爱。在此之前，请你一定要过好自己的生活，变得更好，变得更美，才能更自信地在他面前说一句：嗨，你终于来了。

分手后，
果断终止恋人关系和身份

01

有时候，我觉得生活很残酷。

我们需要面临生离死别这类让人无法控制的悲剧，需要每天追着时间奔跑，忙于工作、忙于生活、忙于各种各样的应酬。另外，还要忙于让自己变得更好、忙于提升自己、忙于谈恋爱。

有些人还要忙于失恋。

你总想跑赢时间，却又总是输给它。

我有一段时间超级忙，每天早晨7点起床去学习花艺，筹备自己的工作室，结束后回家写稿到凌晨两三点，压力大的时候只能喝着酒入睡，饿到受不了才知道忘记了吃饭。之所以这样，是因为发生了一件让我特别难过的事，所以才用各种事情塞满生活的空隙。

“没空想”或许只是逃避的一种方式。

每到崩溃的边缘，我总是提醒着自己，有太多的事情要完成了。在天亮之前，一定要收拾好自己的情绪，化好妆，穿好看的衣服，迎接新一天的挑战。

因为我打心底里知道，脆弱都留给了有资本挥霍的人，而我没有。

02

许多在爱情中坚决扭头就走的姑娘，大概是因为没有任性的资本吧。这种行事态度除了源自对方那份并不厚重的爱，更多还是来源于自身。

这句话是佳佳跟我说的，前段时间她发现相恋了一年的男友，背着她跟其他女孩暧昧。佳佳第一次发现的时候选择了原谅男友，她想，十个男人九个浑，剩下的一个或许还在想要不要犯浑，所以还是给他一次机会吧。

但自那次之后，佳佳总是对男友疑神疑鬼的，甚至工作的时候也会受那种患得患失的感觉影响。

让佳佳没想到的是，男友并没有珍惜这次机会，还是继续跟其他女孩暧昧，这令佳佳彻底失望。当初她跟男友相恋是抱着结婚的目的，可这次对方的做法却令她死心了，佳佳果断跟男友说了分手。

就像许多爱情故事那样，**有人转身离去，便会有人后悔。**

男友在佳佳跟他分手后，发了疯般去挽留她。他到她工作的地方找她，每天在她家楼下等她，但佳佳对此不为所动。

有一天跟佳佳吃饭的时候我问她："怎么你可以做得这么坚决，以前的你可不是这样的。我说实话呀，曾经的你在我心目中，是个对待感情特别优柔寡断的女孩……"

佳佳苦笑了一下说："我这人啊，没资本任性下去了。你也知道我家庭条件特别差，我还有弟弟和家人要养，还有我的梦想要去实现，我不可能在一段没有结果的感情里消耗时间和精力。我还要赚钱，要努力工作，要过好我的生活。"

再爱他又怎样，我总不能放弃自己吧?

03

那天跟佳佳喝酒喝到很晚，她拿着一瓶500ml的啤酒瓶轻轻地碰了我的杯子一下，说："这瓶酒是敬我和他曾经的感情，无论真假，还是谢谢他的出现。今晚过后，我和他分道扬镳。"

作为跟佳佳认识了十多年的朋友，我知道在那些深夜，她一个人一定哭得非常难过，一定翻看了一遍又一遍和前任的聊天记录，但生活给她留下的馈赠，是一天比一天坚强的内心。

爱情中最好的姿态莫过于，会讲究，能将就，能享受最好的，也能承受最坏的。性格不合就磨合，磨合不了就分手，不然爱就会变成痛苦，在一起就会成为煎熬。旁人肯定会说这是爱得不够的表现，可你在流血的时候，痛的不是旁人。

不知我的苦，就别劝我大度。辜负自己的人，要勇敢跟对方说再见。没有残忍不残忍，你不对他狠下心，有一天他就会狠狠伤害你。

就这样结束吧，我不习惯回头往后看。

别在寂寞的时候随便谈恋爱

有一种男人是“没脚的小鸟”，他们暂时找不到长期停下来的地方，却多得是暂时能歇下来的怀抱，但他们终究能遇上那个终身难忘的意外。

有一种男人是“没心的洋葱”，你一点一点想剥开他，看他的心里究竟藏着谁，这样的你对于他来说又是谁。可是啊，剥着剥着，你既毁了他，又哭红了你的双眼，可最终发现他并没有心。

01

今天我又自己一个人去看电影，孤独的感觉是会上瘾的。

回家的路上接到小薇的电话，她哭得很厉害。

很多女人就如同《2046》里面的露露一样，一直寻找属于我的“无脚小鸟”，不断制造让他安心停靠的驿站，而终究遇上的都是“没心的洋葱”。即使知道，这样的浪子在爱你的时候热情四射，能给予你生命中耀眼却短暂的一束光，但也能在不爱你的时候用一句不爱和决绝的冷漠，隔绝与你的所有关联。

炽热又残酷，决绝又刚烈，可仍有很多女人喜欢飞蛾扑火，想成为他终究停留下的驿站。等回过头才发现，对浪子这样的痴迷，只不过是因为将寂寞误会成爱罢了。

身边的朋友，也有三两个有这样的“爱情癖好”。小薇就是其中一个。她跟前任已经分开半年有余，这半年间他们断断续续还在联系。期间小薇多次尝试过放下他，但每当感到生活无趣的时候，她又会拨起前任的电话。

她也常常收到前任的短信和电话，例如：

“我很想你。”

“我经常想起以前跟你在一起日子，很开心。”

“你不是喜欢吃牛杂吗？我找到一家很好吃的，出来见面带你去吃？”

“见面好吗？我想见你。”

……

这些电话和短信，多数都是在三更半夜发过来的。或许是因为晚上的荷尔蒙分泌得比较多，人总会陷入一种意乱情迷的氛围中，无法分清这感觉是因为寂寞，还是因为爱情。

人总倾向于接受自己想接受的事，在甜言蜜语和距离间，在生活无趣和单调里，小薇以为他们两人还彼此相爱。

02

后来她跟前任见面了，他们会逛街、看电影、接吻……把情侣间的事情都又做了一遍。小薇以为他们终于能回到曾经，谁想到这短暂的欢喜只不过是幻觉。

一个星期后，前任的突然消失将她从幻想中硬生生地拉了出来。小薇通过前任的朋友联系上了他，才知道他跟一班朋友去了北海旅游。

电话接通后，小薇急着追问："你怎么突然去旅游也不告诉我，又不联系我？你当我是什么？"

"当你是朋友啊，怎么了？"

电话这端的小薇，心忽然就凉了下来，思绪像窗外吹得乱七八糟的风。"朋友？那你之前说过的想我，我们接过的吻，都不是因为喜欢我吗？你认真告诉我，是不是对我没感觉了？"小薇的脑袋里似乎有"嗡嗡"的回响，话一出她就后悔，因为这摆明就是一夜情才会做的事，她还愚蠢地去追问，迫使别人给她一巴掌。

"没有。"对方连沉默一下的深情也懒得给小薇，电话那旁还传来一帮人玩乐的欢笑声。

"我们到此为止。"小薇挂了电话。

一开始小薇以为自己会陷入无尽的难过中。然而过了一个月，工作的忙碌和朋友的陪伴填满了寂寞的时间，她才发现，她其实一早就不爱前任了，只不过是那些因为寂寞而产生的荷尔蒙掩盖了理性。因为没有新的人出现，才会抓着过去说服自己念念不忘，才有了接下来的荒唐。

03

内心渴望爱的人最容易陷入爱情。

衩姐说过一段话，我印象特别深："我时常会思考在上一段爱情到来之前我是一种什么样的状态。一段一段追溯，发现有很多共同点：那之前我都在勤勉工作，积极但不沉迷社交，没有目的也没有心事，没有心上人，因此不必为谁端着、等待着。"

一生很长，能遇上深爱的人很少，别因为寂寞，就将你的心装修成一间公寓，让不同的男人入住。这么做也许能消除你一两天的寂寞，却延长了你的空虚。

对的人，总在你专心忙于自己事情的时候，不经意地出现，不慌不忙，来得刚刚好。

别把喜欢，夸张成爱；

别让寂寞，误会了爱。

没了钱，
感情还能继续吗？

每次问起身边的朋友："你找男友有什么要求？"

回答都是出奇一致："也不用太有钱，不过起码得有车有房吧，还要对我好，当然最重要的是爱我啦。"

对于另一半的要求，大多女生都是希望得到更多关心爱护，最好他是住在你心里的那一条虫——你想的是什么，他都能一一猜得出，并付诸行动，让你开心。重要的是，他还要有车有房，有稳定的事业，然后要很爱你，不离不弃……

好了，白日梦到此结束。

亦舒说过："我要很多很多的爱，如果没有，请给我很多很多的钱。"

话虽这样说，但多少女人，在他给了爱和陪伴后，就想他有更多钱；他给了很多钱，你却祈求更多的爱和陪伴。精神层而想得到无限的爱的满足，物质方面又要他给予你光鲜亮丽的生活。**人总喜欢得一**

想二。

01

咏茹总跟我抱怨男友经常不陪她，忙着每天各种工作、交际。她男友是一家公司的核心人物，忙得连饭都几乎吃不上，天天加班到两三点，有几次甚至因为劳碌过度，不得不在医院静养几天。

咏茹做着一份朝九晚五的工作，因为时间很充裕，下班想找有特色的地方吃饭，周末找个好玩的地方放松。但男友因为生意上的忙碌，总是拒绝比答应得多。但不管怎样，他一周还是会陪咏茹两三个晚上，微信电话从不间断；每到一个地方出差，他也总会给她带上喜欢的礼物。

咏茹家里条件不错，相貌也很好，对于结婚条件，她曾放出自己的标准："一场豪华的婚礼，一间至少200平方米的房子，一部几十万的车，就是我结婚聘礼的标配。至少有这些，我才会嫁给他。"

为了能够达到娶她的条件，男友肩膀上的压力更大了。那就意味着陪伴女友的时间将会更少。

你要他更多的陪伴，那么他在工作上所花的时间就必定会减少，这时候你又会埋怨他赚的钱不够多……鱼和熊掌，真的不能兼得。

02

同样的，对于女孩子来说，你要努力到有底气说出一句：“我什么都不要，只要你的爱。”

有段时间，我过得特别拼命。每天早晨5点多起来，赶公交车上班，一下班回家，又忙着弄淘宝店，备货给代理商。做完各种琐碎的事情，就开始忙着写稿，到凌晨一两点才睡觉，第二天又要5点多起来。这样的状态，维持了一个月。

当然，我的忙碌程度对于很多厉害的人来说算不上什么。虽然这样的生活的确是有点累，但是我要逼着自己进步。

记得有一次，凌晨1点多，我还在电脑面前弄设计，妈妈睡醒走出客厅，看到我还没睡，问了我一句：“其实我不懂你，你一个女孩子这么拼命赚钱，究竟为了什么？”这个问题当时问倒我了，我竟不知如何回答。

但过后，我非常自信地想出了答案——我要经济独立，要能说出那句“房子我有，车我也有，妈妈我要和我爱的人结婚了”的自由。

朋友跟他男友就是这样典型的模范情侣，男孩一无所有地在一个城市里求生存，每天忙碌得要命。他虽然疼女朋友，但大多数时间，重心还是放在工作上，因为他们都知道，没有了生存的能力，再多爱也只不过是镜花水月。

而朋友做的，并不是要他给自己买什么牌子的包包、什么颜色的口红或者哪个牌子的香水，也不用带她去好吃的餐厅，取而代之的是，同样努力赚钱，消除日后可能会让父母对他们这段感情心存顾虑的那些问题，然后拉着他的手，跟爸妈说："你们放心吧，我们能好好地生活。"

这就是一段感情里，女孩子也要努力奋斗的原因。

03

真正的男女平等，不是不断利用自己的弱势去向男友索取更多，而是你也可以尽你所能，让自己的生活变得更好。

真正圆满的情侣关系，拥有的是0.5加0.5大于1的爱。两个人不只是思想上，还需要在经济上统一步调。

有些女孩，一味呼吁男女平等，希望社会对女性有更多的重视和照顾，但最该明白这个道理的，就是我们自己。不是嘴上说一句"我要男女平等"，而后一而再、再而三地要求男方，既要买上某大牌的包包，又要吃上哪家高级餐厅的菜式，自己却停滞不前。

只有两个人的思想协调，经济独立，才有可能走得更远。

04

现代社会的爱情里，是没有什么下嫁和高攀的。

琪琪跟他男友相恋一年就结婚了。当时，每个人都觉得他们进展得太快了，都是刚读完书的学生，在社会上连脚跟都还没立稳。两人家庭条件都一般，房子、汽车不能一步到位，需要两个人共同拼命地努力才能得到。

但如今，琪琪跟她老公经过一年多努力，两个人都考到了律师资格证，事业也开始走向上坡路。琪琪说，他们房款的首付，经过这一年的努力，已经存到一半了。一年前琪琪信誓旦旦说的那句：“车跟房子，我们肯定都会有的！”我还记忆犹新。

没有什么比爱情中两个人一起奋斗更感人了。

在《简·爱》里，有句话说得很好：“爱是一场博弈，必须保持永远与对方不分伯仲、势均力敌，才能长此以往地相依相息。因为过强的对手让人疲惫，太弱的对手令人厌倦。”所以，对于恋人们来说，并不是有了爱情我们的生活就水到渠成了，我们不仅要拥有爱情，双方还要有经营爱情的思维和经济能力。

而两人想要一起走下去的渴望，就是前进的动力，百折不饶，相辅相成。

别让失恋的遗憾成为你的羁绊

01

前几日，我吃完饭跟若曦到楼下散步。广东8月份的晚上闷热到不行，我跟若曦到便利店，打算买两瓶啤酒到河边聊天。当我们拿着酒走出来的时候，我看到一个非常熟悉的身影，原来是Gary，我前几年谈的男友。

“这么巧？”他拿着一碗鱼蛋，脸上略显尴尬地问我。

“怎么忽然过来这边，你不是住在顺德的吗？”

“来找个朋友。”

我看了看他身边的女孩，微笑着打招呼。

“那我先走啦，有机会再聊。”

“好。”

走出便利店的时候，若曦欢蹦乱跳地在身边问三问四："喵，你谈过这么帅的男友啊？""喵，你不是喜欢又高又温柔的小男生吗？怎么谈了个这么有男人味的男友？""喵……"

"喵你个头，能小声一点吗，人还没走远呢。"

不知道为什么，虽然Gary这种男人一直都不是我的菜，可在几年后见他的这一面，我的心居然触动了一下。即使当初预感他还是会离开我，即使知道我们并没有未来，可当时的我就是愿意跟他相爱一场。

02

我和若曦走到了河边，打开手中的啤酒，看着泡泡冒出来，我想今晚的话题离不开"前男友"这三个字了。又或许，酒精跟爱情，总有着不可言语的牵连吧。

"给你讲个故事吧。"若曦说。

"好。"

"曾经我喜欢过一个我打死也觉得自己不会喜欢的类型的男孩，样子特别像《中国有嘻哈》里面的卓卓，看起来有点像小孩的感觉。我身高不到一米六，可他竟然跟我差不多高，那时候他很乖，而我却很叛逆。他是被老师们认为一定会考到重点大学的学生，而我却是被放弃的那一类学生。站在他身边的我就像一个小太妹。

"可时间久了，我渐渐喜欢上了他，我幻想过我喜欢的男人必须是高大帅气的，一定要比我高一头，年龄一定要比我大，思想一定要比我成熟，可他哪一点都达不到我的要求。

“记得那时候他还写过一封信给我，他说他幻想过自己的初恋，一定是个特别乖的女孩，年龄要比自己小，不抽烟不喝酒。他也听过我很多故事，听过许多人描述的我，但他还是不顾一切地想跟我在一起。虽然不知道将来怎样，但既然决定了在一起，就会尽自己所有的努力。

“后来发生了很多事情，他每次都会给我挡住所有指向我的恶意。所以你说啊，哪有什么非喜欢哪个类型不可的事？感情产生了，我的世界便只有你一个人。”

我想，大概谁都爱过一个自以为不会爱上的人吧，我跟若曦也不例外。因为爱情没有绝对的规则可言，当我对你动心的一刻，就知道接下来的路非和你一起走不可，即使我发现跟你有许多不合适的地方，即使我发现你的缺点非常多，即使我知道未来跟你生下来的宝宝长得肯定不好看，可我还是想牵着你的手往前走，这或许就是当时我对爱情唯一的执念。

03

不知道从什么时候开始，爱情这两个字被贴上了好多标签，特别在20多岁的年龄里，爱情也总是容易跟婚姻挂钩。比如你要找个五官端正的人，要不生出来的宝宝丑得很；你要找个家庭富裕的人，不然婚后的生活会有很多罪让你受；你要找个迁就你的人，否则婚后只有无尽的争吵。甚至不仅爱情如此，日常生活和工作中，外界也总爱给我们制定一个个标准，倘若偏离了这些规则，那么接下来的人生就会面目全非。

每次听到这些话，我都欲言又止。在这个复杂的社会里，替自己辩解是最难的，但我也不会为了这些闲言闲语去改变一直坚守的意愿。所以在很久以前我就学会：**难过的时候能不倾诉就保持沉默，被误会的时候，解释完自己的想法就不再争执，遇到别人不理解的事情尽量一笑而过。**

如果总听劝、总以别人的标准去改变自己，那活着还有什么意义？不管是喜欢的人，还是生活的方式，从来就不该被赋予太多标准。

如果必须有，只有五个字——我喜欢就好。愿你活出一套只属于自己的标准。

永远不要在别人身上找安全感

我曾在知乎上，看过一个这样的段子——

很多年后的同学聚会，大家都喝醉了，当年的男生对女生说："你知道为什么以前每当下课的时候，我总是走去找你问问题吗？"身边的同学都在起哄，而女生很平淡地跟他说："那你有想过没，为什么我总是坐在座位上，而不出去玩呢？"

01

类似这样的错过，在感情世界里一直都在循环上演。那么，你经历过怎样的错过？

是当他追求你的时候，你不冷不热，当他绝望放弃的时候，你才恍然大悟？还是你们都坚守着所谓的自尊心，不愿意妥协，最后一拍两散？还是当他苦苦祈求你原谅的时候，你装作不在乎，最后他真的相信你要放弃这段感情了？

生命中有些错过很简单，可能是你不解释，他也不问；也可能是你只是心口不一，他却一心只想尊重你的决定。

在男生的世界里，你爱我就不会走；但在女生的世界里，你爱我就会挽留。结果就是，你没有挽留，他也没有回头，这就等同你们两个站在两条平行线，一旦错过了相交点后，便在各自的轨迹上越走越远。

02

星辰就是因为这样的错过，失去了她的初恋。

邵琪是星辰的上司，两人相差两三岁，无论是工作的配合上，还是生活的习惯上都非常有默契。后来，她因为频繁跟着邵琪出差，两人暗生情愫，三个月后就心照不宣地在一起了。

一开始沉溺在爱情中的他们很是幸福。但就像所有的恋人一样，有欢喜，那么多多少少也伴随着一些吵闹。虽然星辰已经20多岁，却仍旧带有小女生的脾气。而女生在深爱着另一个人时，就总是很容易患得患失，星辰也是如此。

爱情中还不成熟的她，总希望在对方身上找存在感，例如生气了要他哄、用各种方式测试自己在他心中的地位。殊不知，**安全感是需要自己给的，如果向对方讨取，那么只会陷进一个丢失安全感的循环**

中，永远找不到出路。

他们第一次吵架，是因为邵琪要跟另一个女同事合作做项目，每天需要一起讨论开会。有时候晚了，他们会一起吃饭，邵琪也会送她回家。在外人看来很正常，这种情况职场上很是常见，但在爱情里，往往这些细节会被用爱情的眼光放大，再放大。

03

虽然星辰把这一切看在眼里却不明说，但心里始终不舒服。

直到一次邵琪因为太忙错过了跟星辰的约会，星辰便将长期积累的“委屈”全部发泄出来。她越说越委屈，还用“分手”来吓唬邵琪。星辰这一招非常管用，她如愿以偿得到了想要的结果——邵琪连夜开车到星辰楼下，苦苦挽留她一个晚上，一个大男人连眼泪都掉下来了。

有了这一次，接下来的几次争吵，星辰就以同样的方式威胁邵琪。但对于男人来说，第一次挽留是确实不舍，第二次是因为爱，第三次听到这样的说话，便真的以为你是不爱了。

所以在后来一次争吵中，邵琪同意了分手。

在他们分开一段时间后，星辰才从邵琪朋友口中才得知，原来星辰最后说分手的那个晚上，邵琪罕见地跟朋友去酒吧喝酒，用大醉来掩盖他的难过，反复地说着：“为什么她不爱我了？”

这样的女人的确太“作”，可是，女人有一种追求安全感的方式，就是在说分手后企图得到对方的挽留，想以此来证明男方重视自己。但对于直来直去、以理性思考为先的男人来说，第一反应就是你可能已经不爱我了吧。

其实，男人不是不会心痛，只是更懂得隐瞒自己的难过，在你多次说分手过后，他就真的以为你要离开他。

他假装豁达，你也假装坚决，就这样，才导致了错过。

一个人真的想走，通常都是悄无声息的，她哭、她无理取闹，其实是因为内心的安全感无法得到满足。

04

很多“我要分手”的背后，是希望你挽留；很多“祝你幸福”的背后，是久久不能忘怀的深爱。

生活中并没有那么多童话，很少有马不停蹄的追随，很少有“因为爱你，所以你的一举一动我都懂得其中含义”的理想爱情，也没有太多低到尘埃里仍旧苦苦相思的执着。

两个相爱的人，少一点“自以为是”，多站在对方角度想问题，将两个人的想法磨合成一个双方都能接受的结果，那么是不是能够减少一些所谓的错过?

生活总有许多遗憾，但在力所能及的努力下，一定不要和彼此相爱的人，错过余生。

记住你值得爱，
爱会再次找到你

01

在这个爱情也是快餐式的年代里，寂寞的人太多了，需要用激情来填补这份寂寞的人更多。

小鹿是大家眼中的花花公子，因为长得帅又多金，便吸引了很多女生的爱慕。他换女朋友比换衣服还快，每次跟他出去玩的时候，都要重新认识他身边的女伴。

有次我问小鹿："你怎么总是换女友？找个喜欢的，好好谈一场恋爱再结婚多好啊。以你的条件，找个不错的女孩应该很容易啊。"

小鹿带着些许无奈的神情跟我说："我也想过好好谈一场恋爱，和一个人走过三年之痛、七年之痒，但是太难了，真的太难了，当激情和新鲜感日益减退，彼此没什么感觉了，免不了会一拍两散。"

我听完之后对他说，**一生那么长，我们不用太赶时间去爱一个人，慢慢来就是最好的爱了。**

02

在如今快节奏的生活里，人难免浮躁和功利，也多是看重结果大于过程——赚钱要快，成功要快，就连爱情也要快一点，的确容易让人吃不消。

当你遇到一个还不错的人，才相处没几天就说爱对方爱得死去活来，不到一个月的时间就将荷尔蒙全部耗尽。但你要知道，一份爱情如果来得像龙卷风般猛烈，那么它消失的速度也同样很快。

更可怕的是，很多人在感情基础还特别薄弱的时候，就忙着结婚，婚后才发现跟对方不合适。闪婚之后又闪离，这不仅破坏了两个人对爱情的向往，更是伤害了两个家庭。

对一个人的欣赏和厌倦，对一个人爱或不爱，都是需要在日常的生活中，一点一滴地积累起来的。

深情不如久伴，厚爱不及长情。

03

说到长情，让我想起Cici跟她男友阿正。阿正追了Cici整整一年，两个人才在一起。我经常跟阿正开玩笑说："你怎么追个女孩都追这么久啊？"阿正一本正经地回答我说："那么急干吗，我们又不赶时间。"

你们也知道的，女生之间会聊各种小秘密，例如你的胸围有多大，你的姨妈什么时候来，还有你跟男友发展到哪一步之类的。他们在一起一段时间以后我问Cici，你们俩发生过关系吗？Cici摇了摇头。我继续问，他都没有跟你提过吗？Cici回答说："当然有，但我告诉他我的思想比较传统，有些事情只能留到结婚的那天。"

阿正也尊重她的决定。看着他们恋爱这么多年，并没有因为岁月流逝而磨灭掉相爱的激情，取而代之的是每次跟他们吃饭，都会被他们这对情侣虐得想翻白眼。终于，他们在相爱的第五个年头领证结婚了。

在爱情中，真的不用太赶时间，长长的路我们慢慢地走，甜甜的话我们悄悄地说。

04

陪伴才是最长情的告白，所谓最好的爱情是无论未来有多漫长，我都要陪你一直把我们的故事讲完。我们老得再也没力气争吵的时候，选一座安静的小城市，春夏秋冬皆有你，繁花绿叶常伴你。看电视时还能为看新闻还是偶像剧而争遥控器，晚饭后拄着拐杖到公园的广场跳舞，闲暇时一起逛一逛超级市场，无聊时养猫养狗逗乐。

那时候的我们，早已没有了年少时的激情。但在漫长的岁月里，却能够平淡而又幸福地过完余生。

用时间证明过的感情，终将换来岁月静好的感动，也有无怨无悔的陪伴。那一份爱，你一点一点地给，我一点一点地接受。最终我们都会明白，轰轰烈烈不过是昙花一现，细水长流才是最好的爱。

三分爱对方，七分爱自己

有种女生，一旦踏进爱情里便“母爱泛滥”，恨不得把全部精力都倾注在对方身上，以对方的快乐为快乐，以对方的忧愁为忧愁。只有在这段感情枯竭、自己被伤害得体无完肤的时候，才知道对方要的是女朋友，而你却当了妈。

01

一次我跟朋友玩真心话大冒险，输了选择喝酒，或者是讲一个自己最难过的经历。玩到后面的时候，大家几乎都喝不下酒了，在醉意间，一个接着一个讲自己的故事。到乐乐讲的时候，她问我们——“你们被爱的人打过吗？把你摔到地上用脚踢的那种？”乐乐喝了一口酒，带着讽刺的笑意说。

那已经是三年前的事情了。一天乐乐在家，男友有事急匆匆地出去了，忘记关电脑。那段时间乐乐知道男友跟公司的一位实习生走得很近，心里的不安全感已经积累到了一个极限，每天两个人都有大大小小的争吵。这时，乐乐看到电脑没有关，便打开了男友的QQ，翻看男友跟那个女生的聊天记录。

不出意外，一大堆肉麻的话映入眼帘，乐乐滚动着鼠标，浑身颤抖。

“宝贝，你什么时候跟家里的黄脸婆分手？”

“你不是说要送我礼物吗？我们什么时候去逛街呢？”

“今晚没有你的抱抱，睡不着。”

……

看到这些聊天记录，乐乐的眼泪止不住地流。这时候男友突然回来了，看到乐乐在看聊天记录，怒吼道：“你在干吗？谁叫你看我的聊天记录？”语气虽凶，但仍旧藏不住他的心虚。

“什么时候的事？”乐乐哭着，狠狠地瞪着男友。

“我问你，为什么要看我的聊天记录？”男友一字一顿地强调。

在一番争吵中，男友给了乐乐一巴掌，而乐乐也第一次还手，这举动更是激怒了男友。他用力将乐乐推倒在地上，不断地踢她。

乐乐回忆着，那时候她真的顾不上喊疼，心里不知道为什么就想起了妈妈，想到妈妈的好，想到自己也是父母手心里的宝。怎么到这男人身边，自己竟如此卑微？

02

后来乐乐不断地喊疼，男友可能是怕出事，便停下来，坐在沙发上抽烟。乐乐说，当时绝望的感觉她一辈子都忘不了。她一直对他那么好，大学时，他们俩就开始同居，自己既做他的女朋友，又做他的保姆。家里的一切大小家务都是她负责，无论是日常家务，还是生活开销。而他，不是出去喝酒打麻将，就是在网吧通宵。他在外面喝醉了后，无论多晚，都是给乐乐打电话让她过去接。

在这场感情里，连一句“我爱你”，都是奢侈的。

人从来都是贪心的，哪怕另一半做得再好，但还是想让对方对自己更好，这种索取的贪念像无底洞。后来，乐乐辛苦兼职赚回来的钱，乐乐自己都不舍得去买新衣服，却被男友拿去买最新的iPhone、iPad等各种电子产品。

乐乐那次终于被“打醒”了。她连行李都没有收拾，拿着身上仅剩的几百块钱，买了火车票回家，远离了那座让她难过的城市，重新开始。

在那段感情里，乐乐卑微得很。她用她的青春去陪伴和照顾一个本不爱她的男人，一个傻，一个渣。但又能说谁对谁错呢？爱情从来就只有乐意不乐意。遇到渣男不可怕，在心里留了条伤疤也无需畏惧，只要日后记得警醒自己别这么盲目付出，你的好，应该留给值得的人。

毕竟人生这么长，一定找一个值得付出的人相伴一生。

乐乐点了根烟继续说：“他如此放肆，其实也是我这些年一步步迁就出来的。我对他的每一次退让、每一次迁就，都让他对我的索取又多一点，直到后来我在他眼里什么都不是。”

故事讲完了，乐乐一滴眼泪都没流，她早已将这些眼泪化为在生活里对工作的一份狠劲。我过去抱了抱她说：“我们都会更好的。”

如今的她开了一家火锅店，有车有房，活得格外有滋味。该工作的时候认真工作，该玩的时候拼命地玩，身边有趣的好友成群，追求者也一个接着一个。

03

如果说，是那段经历造就了如今的她，未免也太高估一个渣男的影响力了。

但是，那些能够从弱不禁风的孩子，成长为社会上无懈可击的人离不开的，都是这些撕心裂肺的经历，无论是爱情上，还是职场上。

置之死地而后生的坚强，有种说不出的力量。

当你认清生活里的这些真相时，要记住，在一段爱情里，别急着对一个人付出所有。在你对一个人无私付出之前，先想想父母，想想身边陪着你的朋友。你请他们吃顿饭，唱个K，给他们买个小礼物，他们就会开心得像个小孩，这种在乎你付出的感情，才是对一个人付出后最应该得到的回应。

也希望你懂得，如果真的想跟一个人一直相爱下去，靠的并不是你无私的奉献，而是平等的相处、对等的关系和相爱的能力。否则，最后只是感动了自己而已。

成熟的人，
可以勇敢接受失去

01

我特别讨厌一些男生面对女生的付出，一切都理所当然的态度，仿佛另一半要具备当妈的资质一样，在你无理取闹的时候必须低声下气，必须让着你哄着你，还不能有任何抱怨，要不然就会被说烦。有时候关心你粘着你，又觉得对方小气公主病。

曾经我也因为爱一个人而让自己活得很没有尊严，还傻乎乎地给他找借口——他不过是最近工作太忙了吧；他可能是在外面受了气，心里难受没地方发泄而已吧。

慢慢地我才懂得，在一段并不平等的爱情中，我多付出一点，你就

以为那是理所应当；我原谅了你犯的错，你却以为自己根本就没做过错事；我为你退让了一步，你却以为我懦弱好欺负。

我很想问你一个问题，你真的不怕会失去我吗？

02

一些姑娘之所以“被成长”，就是因为曾经爱上了一个不懂珍惜自己的男人。

沐沐是公司新来的实习生，认识几天后我们就知道她有个谈了两年恋爱的男友，毕业后两个人一起留在这个城市奋斗。之所以这么快就知道她有男友，是因为有一次公司举办迎新party，许多蛋糕和水果我们都吃不完，沐沐问我能不能带一些回家，说她男友特别爱吃这个牌子的蛋糕。

那时候我就觉得她真的很爱男友，时刻都惦记着对方。相处了一段时间之后，我更加认定了沐沐是个好女孩。有时候周末我们相约出去唱歌、吃夜宵，沐沐总是最早一个跟我们说她要回家的人，因为男友在家里等她。有时候看到沐沐经常加班，问她在干吗，原来是在帮男友完成他的工作，因为家里的电脑太慢，做不了。跟她逛街的时候，她总爱给男友买衣服或者他爱吃的零食。

03

我们都以为像沐沐这样的好女孩，男人一定会特别珍惜。

直到有一次公司电梯坏了，我正打算走楼梯的时候，见到沐沐在楼道里边走路边哭。我问她发生什么事，她勉强挤出几个字："我和男友分手了。"

等她的情绪稳定下来，我们一起到公司附近的餐厅吃饭。沐沐吃得很少，全程面无表情地回忆跟男友的过往。原来平时沐沐要早点回家，不是因为男友要她陪，而是她要回家给男友做饭；原来她出门玩时也要早回家，是因为男友喝得烂醉，他的兄弟让她过去接他回家；原来平时沐沐在公司帮男友做设计图，不是因为男友工作太多，而是他跟兄弟去打游戏喝酒，所以只能让沐沐帮忙。

男友好吃懒做，连房租和日常开销都是沐沐支付。但因为爱，她毫无怨言，可今天沐沐却收到了朋友发来的图片，看到男友跟一个女孩在一家五星级餐厅吃饭，有说有笑，男友还替女孩剥虾，喂她喝汤，俨然一对热恋中的情侣。当她打电话质问他的时候，电话里的他却丝毫不紧张，连一句解释的话都没有，只是让她别多想了。

那一刻，她心如死灰。

沐沐说，她心痛的不是男友出轨，而是他丝毫不在乎自己的态度。他从来都不带自己去这么贵的餐厅吃饭，更没有帮她擦过嘴，剥过虾。一下子吐完苦水，她抬起头问我：“喵，你说，他怎么就连我生气了都不会哄我？哪怕骗骗我也好啊。他就不怕我真的会离开他？”

他当然不怕。

04

感情想要有来日方长，需要两个人共同付出。

你说过会爱她，却从没给过她一个家；你说会为她好，却从未在行动上对她好；你说让她别多心，却一直让她为你担心。

每个人的热情都是有限的，当你一而再、再而三地对她爱理不理、忽冷忽热，用你的不在乎去面对她的真情实意，总是肆意妄为地去挥霍她的耐心的时候，再满的热情也终有消耗完的一天，再爱你的人也会决然离开。

每个人都在变，当真心换不回另一颗真心时，她便不再是曾经爱你的那个傻瓜了。就像曾经看过的一句话说的："尽管从外表上看不出来，但肯定有许多人正在对另一些人谋划一次突袭式的告别，他们就包藏着那种心思，若无其事地走在路上。"

"你怎么就不怕错过我？"当一个女孩问出这句话时，你已经彻底失去她了。

图书在版编目（CIP）数据

你不在身边，我总是失眠 / 一位喵先生著. — 南京：江苏凤凰文艺出版社，2019.1

ISBN 978-7-5594-2112-8

Ⅰ. ①你… Ⅱ. ①一… Ⅲ. ①故事－作品集－中国－当代 Ⅳ. ①I247.81

中国版本图书馆CIP数据核字(2018)第104369号

书　　名　你不在身边，我总是失眠
作　　者　一位喵先生
策划出品　惊池文化
出 品 人　王肃超　李　格
出版统筹　姚　丽
责任编辑　白　涵　刘洲源
责任监制　刘　巍　江伟明
出版发行　江苏凤凰文艺出版社
出版社地址　南京市中央路165号，邮编：210009
出版社网址　http://www.jswenyi.com
印　　刷　三河市金泰源印务有限公司
开　　本　880毫米×1230毫米　1/32
字　　数　180千字
印　　张　8
版　　次　2019年1月第1版　2019年1月第1次印刷
标准书号　ISBN 978-7-5594-2112-8
定　　价　42.00元